JN307141

新装版

花の降る午後(上)

宮本 輝

講談社

目次

花の降る午後（上）

白い家

その油絵は、夫が亡くなるちょうど三ヵ月前に、療養をかねて志摩《しま》半島にあるホテルに逗留《とうりゅう》していた際、典子が買い求めたものであった。

ふらっと立ち寄った英虞《あご》湾沿いの喫茶店の板壁に五点並べて掛けてあったのだが、それぞれの題と値段をしるした紙がピンでとめられていた。喫茶店の主人に訊《き》くと、ときおりこの近辺に写生旅行に来る青年に頼みこまれて場所を提供したのだが、まだ一点も売れていないとのことであった。

どれもみな六号の風景画で、ひとけがなくて寂しいのに、妙な烈《はげ》しさを持っていた。典子は、その中の〈白い家〉という題のついた絵がひどく気にいり、もう当時三十分もつづけて歩くことすら困難になっていた夫にせがんで買ってもらったのである。モジリアニが風景画を描いたら、おそらくこのようなものになるであろう。夫に言うと、「そうかなァ」とつぶやいて優しく笑った。甲斐典子は、絵の作者の名は覚えていないが、そのときの夫の笑顔は、四年たったいまでも忘れることが出来ないでいる。

ブラウンさんのステッキの音が、ゆっくり近づいて来、遠ざかって行った。北野坂《きたのざか》の賑《にぎ》わいと、車のクラクションが、典子の足の下あたりでざわめいている。典子が営むフランス料理店アヴィニョンは、神戸の北野坂から山手へもう一段昇ったところにあり、右隣に黄健明貿易公司の事務所、左隣に毛皮の輸入販売を営むブラウン商会が並んでいる。

誰もいないアヴィニョンの、一階の真ん中のテーブルに頬杖《ほおづえ》をついて、典子は、うろこ模様の漆喰《しっくい》壁に掛けてある〈白い家〉を見つめた。アヴィニョンの営業時間は午後六時から十一時までであった。その間、典子はそれこそコマネズミのように働く。わざと自分をいじめるみたいな働き方だと、もう六十歳に近い支配人の葉山を心配させるほどであった。それが、きのうは珍しく、学生時代の友人の誘いで、大阪まで出かけた。あまり見たくもないホテルのディナー・ショーに付き合い、そのあと女友だちばかりでクラブへ行き、少し酒を飲んだ。予約客も少なく、従業員たちが、たまには骨休めをして下さいと、口を揃《そろ》えて勧めてくれたからだった。

だから、きのう、開店まぎわに絵の作者だと名乗る青年が訪れたことを支配人から聞いて、典子は落ち着かない夜をすごした。どうして〈白い家〉を買った自分の名と住所を知っているのかが不審だったのである。ベッドに横たわり、枕元《まくらもと》のスタンドの、ランプ・シェードを見ているうちに、そうだ、絵を買ったとき、喫茶店の主人が、作者である青年に、もし売れたら買い主の名前と住所を教えてもらっておいてくれと頼まれていて、小さなノートを差し出され、言われるままに走り書きしたのだ。そう思い出したのだった。

典子は、夫の死後、三十三歳の若さで、夫の跡を引き継ぎ、アヴィニョンの経営者となった。フランスで十二年間修業し、その腕前が、しばしばグラビア雑誌や専門誌で紹介されるほどのシェフである加賀勝郎と、実直で客扱いに慣れ、経理にも詳しい支配人の葉山直衛が、神戸で三十年近くもつづき、上客にも恵まれたアヴィニョンの閉店を惜しみ、典子に跡を継ぐよう勧めて譲らなかったのである。

アヴィニョンは、夫の父が作った店であった。六年前、父の急逝《きゅうせい》によって跡を継いだ夫も、二年後、癌《がん》で逝《い》った。夫は三十五歳だった。あまりの不幸つづきに、姑《しゅうとめ》であるリツは寝込んでしまい、その看護に追いまくられているとき、加賀と葉山から、アヴィニョンの今後について相談がもちこまれた。とんでもない、私には出来ない。フランス料理のことなど素人《しろうと》同然で、帳簿を見ても何が何だか判らず、接客の術《すべ》もま

ったく知らない。そんな私に、店の経営など出来るはずがない。典子は何度も何度も固辞したが、ある夜、姑のリツが、

「やる気になったら、案外、やれるもんやけどねェ。そやけど、私は典子さんを、この家に縛りつけとこうとは思ってないのよ。まだ若いんやから、ええ人がいたら再婚してもいいし、甲斐の籍を抜いて、実家へ帰っても、それはそれで、典子さんの自由や」

と穏やかな口調で言ったとき、やれるだけやってみようか、そんな気持になったのである。

典子は、この四年間、自分の周りには四季の移ろいなどなかったように思われて、ぐったりとテーブルに上半身を倒し、頬《ほお》をマホガニーの木肌に押しつけた。素材の目《め》利《き》きが多少出来るようになり、客との応対にも肩肘《かたひじ》を張らず、従業員への指図も、あとにしこりが残らない形で、てきぱきとやってのけられる……。売り上げも、夫の時代よりも伸びた。そうした充足感は、いつも何かのひょうしに、典子をけだるくさせ、汚れた心を呼び起こし、その中での決して肉体的ではない戯れに泳がせるのだった。

リツが元気を取り戻したころ、典子は中年のお手伝いさんを雇った。十一時が閉店

と決めてあっても、食事の終わっていない客を追い出すわけにはいかず、たいてい十二時近くになってしまう。それから店内をおおざっぱに片づけ、伝票を簡単にチェックするだけで一時間は要するので、急いで車を運転して帰っても、岡本《おかもと》にある甲斐家の門をくぐるのは夜中の二時近くになる。リツは起きて待っている。先に寝てて下さいと幾ら言っても、ひとりでは寂しいからと答える。それで典子は、リツと気が合いそうなお手伝いさんを住み込みで雇ったのであった。やがて典子は週の半分以上を店の二階で寝起きするようになった。最初は事務所を改造して、ただ寝泊まりするだけの部屋を作ったのだが、サイドボードを置き、簞笥《たんす》を置き、ことしの春には、風呂場《ふろば》まで作らせたのである。

理由は、帰宅が夜中になり、リツに余計な心配をかけるということだけではなかった。岡本にある私立の女子大に、加世子というリツの遠縁の娘が入学し、甲斐家に下宿して大学に通い始めたのだが、加世子は典子にあからさまな敵対心をあらわにさせて、

「なんやしらんけど、典子さん、うまいことアヴィニョンを自分の物にしてしもたわね」

とか、

「ねェ、言い寄ってくるお客さんが、ぎょうさんいてるんと違う？　適当に楽しんでるんでしょう」

とかの言葉を投げつけた。加世子の口からそのような言葉が出るということは、おそらく彼女の両親が、同じ話題に興じている証拠であろう。典子はそう考えざるを得なかった。興じる……。甲斐家の親戚《しんせき》縁者たちは、多かれ少なかれ、私をダシにして、つまらない憶測に興じている。甲斐家に住んでいるかぎり、しょっちゅう訪れるそんな人々に接しなければならない。といって、別のところにマンションでも借りたりすれば、こんどは自分とリツとのあいだに角が立つ。そう思って、典子は時間をかけて、アヴィニョンの二階に、彼女だけの静かな場所を作っていったのであった。

シェフの加賀がやって来るのは、三時頃である。彼は二人の見習いコックと一緒に材料を仕入れ、昨晩に予定してあったディナー・コースとか、一品料理の準備を始める。四時に三人のウェイターが出勤し、店内を掃除して、クリーニング店から届いたテーブルクロスとナプキンをセットする。支配人の葉山直衛はきっかり五時五分前にアヴィニョンの重い木の扉を押して入って来、店内の隅々を点検したあと、予約客の確認を済ませ、メニューの内容を加賀から詳しく訊《き》くという段取りになっていた。昼の一時から、加賀の手ぎわのいい仕込みがある程度片づく四時過ぎまでが、典子のひとりっきりになれる時間であった。

典子は立ちあがり、調理場の奥の階段を昇った。狭い廊下が軋《きし》んだ。廊下の壁に二箇所、ステンドグラスの窓があった。義父が健在だった頃は、二階には小人数の宴会が出来る部屋が二つあったのだが、夫は跡を継いですぐに、一階を拡張して、二階は事務所と物置だけにしてしまった。夫がアヴィニョンでやったことと言えば、それだけであった。

「何を考えとうのか判らへんおぼっちゃまやったんやから」

典子は自分の部屋に入ると鍵《かぎ》をかけ、そうつぶやいた。けれども夫は、なんと冷静に、しかもなんと毅然《きぜん》と、自分の内臓をむしばむ癌《がん》と向かい合ったことだろう。

「隠すのなら離婚する。俺《おれ》は大学でラグビー部のキャプテンやったんやぞ。たとえ癌だろうと、俺はホイッスルが鳴るまで闘うぞ」

口が裂けても隠しとおそう……。そう固く決めていたのに、典子は隠し切れなかった。

夫は、病院では死にたくないと駄々をこねた。自分の病を知ってから、夫が典子に無理難題をふっかけたのは、あとにもさきにも、その件に関してだけだった。

「癌も身の内や。抗癌剤は、そやから癌と一緒に俺の体まで殺すんや。あんな恐ろしい薬、俺は自分の体に入れたりせんぞ」

医者は、ご主人の好きなようにさせてあげればいいと言って、引き留めたりはしなかった。

「若いから早いですよ。あと二ヵ月、よくもって四ヵ月と思っておいて下さい」

退院の日、医者は典子にそう言ったあと、

「ご主人は、偉大なラガーマンですよ。何か宗教をお持ちですか」

と訊《き》いた。典子は首をかしげ、

「いいえ」

と答えた。志摩のホテルで、夫が初めて痛みを訴えたとき、典子はいやがる夫を車の後部座席に寝かせ、岡本の家に連れ帰ったのである。この人が痛いと言うのだから、きっと並の人間ならばモルヒネを打たなければならぬほどの激痛に襲われているのだろう。典子は、夫を寝室に運ぶと、病院に電話をかけたが、医者が到着するまでに、夫は息を引き取った。典子が横に坐《すわ》っているのに、あちこちに視線を走らせ、典子、典子と呼んだあと、

「あいつ、どこへ行ったんやろ」

そう溜息《ためいき》混じりにつぶやいたのが最期だった。

「気が優しくて力持ち……」

典子はアヴィニョンの二階の、十二畳ほどの広さを持つ自分の部屋にいっときたたずんで、自分を呼ぶ夫の声を思い出しながら、そう小声でひとりごちた。隣のリード・ブラウンから貰《もら》った小さな机の中には、恋人時代に夫がくれた手紙とか、誕生日のプレゼントとか、新婚旅行での写真とかがしまってあった。けれども、夫にちなむ最も思い出多いものはと言えば、なぜか典子は、英虞《あご》湾沿いの喫茶店で買った名もない画家の、五万円の値がつけられていた〈白い家〉だと思ってしまう。ただなんとなく、そんな気がして仕方がないのである。

ワイングラスに一杯だけ飲んで午睡をとろうか、それとも、ブラウンさんのところで紅茶をご馳走《ちそう》になりながら、何度も聞いた少年時代の夫の腕白ぶりをまた聞かせてもらおうか……。典子はベッドに腰をおろし、カーテンを閉めると、どっちも気乗りがしないまま、しばらく迷っていた。イギリス人のリード・ブラウンは、ことし七十八歳になる。そのブラウンが、典子の夫に最初にラグビーのボールを持たせた人物であった。ブラウンの話によれば、

「ヨシナオが、幼稚園に行ってたときだよ」

ということだから、三十三、四年も前なのだ。典子は加賀の焼いたクッキーを持っ

て部屋から出た。ブラウンさんも、お茶の相手を待っていそうな気がしたのだった。

典子が一階に降りたとき、誰かが扉を叩《たた》いた。

二十七、八歳の背の高い青年が立っていた。もうそろそろ夏だというのに、黄色い薄手のセーターを着て、その袖《そで》を肘《ひじ》までたくしあげている。青年は典子を見つめ、慌ててセーターの袖をおろした。

「甲斐典子さんでしょうか」

「はい……」

「きのう、おうかがいした者です。あの絵のことで」

「ああ、店の者から聞きました」

青年は、高見雅道と名乗り、

「ぶしつけですが、私の描いた絵を十日間貸していただけないでしょうか」

と言った。それから、先に言わなければならないことを、うっかり言い忘れていたといった感じで、ぎごちなく頭を下げ、

「私の絵を買っていただいてありがとうございました」

と言った。標準語にときおり関西訛《なま》りが混じっていた。典子は、とりあえず高見という青年を店の中に入れ、〈白い家〉の前に立つと、

「この絵、ほんとにあなたが描いたという証拠がありません。高見……？」

「マサミチです」

「いや、イニシャルも入ってないし」

「いや、キャンヴァスの裏に、描き終えたときの日付と、ぼくの名前が書いてありま す。題は〈白い家〉。志摩の喫茶店の親父にかけあって、並べてもらったんです。嘘《うそ》じゃありません。額の裏蓋《うらぶた》をあけていただければ判ります」

額の裏蓋をあけて確かめるまでもなかった。高見の言葉は、絵が、間違いなく彼の描いたものであることをあきらかにしていた。

「私、あなたの描いた絵だと判っても、あんまり貸したりしたくないんです。だって、絵だとか本だとかは、人に貸すと返ってこない場合が多いでしょう？」

「はあ……」

「それに、私、この絵をすごく大切にしてるんです」

高見雅道は、そげた頰《ほお》をかすかに赤らめ、典子に視線を注いできた。

「何にお使いになるんですか？」

典子は訊《き》いた。

「ぼくの絵をあつかってみてもいいっていう画廊があらわれて、そのためには、まず最初に、やっぱり個展をひらかなきゃいけないらしいんです。でも、ぼくは三年前に絵をやめて、勤めに出たもんですから、作品の数が少ないんです。いま新しい作品を描いてますが、幾ら急いでも、ぼくは機械じゃありません。それに……」

高見は髪をかきあげて、口ごもっていたが、やがて、しかめっ面を作り、

「これを超《こ》えるものを、ぼくはいま描ける自信がありません」

と言った。そして、自分の住所と電話番号を名刺の裏に書いた。典子は名刺の表に目をやった。高見は東京の渋谷《しぶや》にあるデザインスタジオに勤めていた。

「必ず返して下さるっていう絶対の保証はありますか？」

と典子は、高見に椅子《いす》を勧めて訊いた。高見は坐《すわ》ろうとはせず、自然のものらしいウエーブのかかった髪を、いかにも困った様子でかきあげたり撫《な》でつけたりした。

「保証……、ですか。ぼくの一番大切な何かを、代わりに置いていく以外ないですね。だけど、ぼくには金もないし家もない。まさか、ぼくの命を置いていくわけにはいかないし」

高見の言葉には、どこかしら関西訛《なま》りが混じった。典子は思わず微笑《ほほえ》み、

「ご出身は大阪ですか？」

と訊いた。

「ええ。大阪の住吉区《すみよし》です。東京の大学に入ってからは、ずっと東京暮らしをつづけてます」

「画廊から声がかかるというのは、降って湧《わ》いたようなチャンスなんでしょう？」

するど、高見はやっと椅子に腰かけ、首を横に振ると、意味不明の冷たい笑みを浮かべた。

「芸大の先輩は、みんな反対してます。詐欺師みたいな画商がいっぱいいますから。ぼくの仲間にも、画商につぶされた連中が多いんです。たとえば駆け出しの場合、一号が三万円なんですけど、実際に絵描きが貰《もら》うのは売り値の五分の一程度です。画商も、ひとりの絵描きのためにかなりの投資をするわけですから。絵描きにしてみれば暴利だと思うんですけど、内情を知れば、そうでもなさそうで。ただ……」

そこで、高見は何か考え込み、そのまま口を閉じた。典子は、立ちあがって〈白い家〉を壁から外し、

「どうぞお持ち下さい。十日間だけお貸しします」

と言った。高見も立ちあがり、礼を述べて深く頭を下げた。彼は急ぎ足で表に出ると、持参した大きくてひらべったい段ボール箱を手に戻って来た。中には、絵を包む柔らかい布と風呂敷《ふろしき》が入っていた。

「ただ……。そのあとの言葉、ちょっと聞きたいわ」

典子は、それを聞かない限り、絵を渡さないという素振りで〈白い家〉を自分のほうに引き寄せた。

「どうしてですか？」

「絵描きさんの世界なんて、ぜんぜん判れへんから、ちょっと興味があるの」

絵を借りることが出来てほっとしたのと、典子の振る舞いが面白かったらしく、高見は初めて屈託なく微笑んだ。その笑顔は、高見を、ふいに逞《たくま》しく見せた。

「ぼくの絵をあつかってみようっていう画商も、まだ駆け出しなんです。ぼくと一緒に自分も画商として成長していこう。そう考えてる人なんです。それに、ぼくは一度はあきらめた人間ですから。だから、この先どうなるかは考えずに、やってみようかなって気になりました」

展示の絵は売約済みの紙を張っておく。高見はそう約束して足早に去って行った。

ひとつの道を歩みだすまでも大変だが、その道を踏み外さず進みつづけることも至難なことだ。典子は〈白い家〉の消えた壁をそっと掌で撫《な》でながらそんな思いにひたった。ブラウンさんも、黄さんも、それに日本旅行中に第二次世界大戦が勃発《ぼっぱつ》し、祖国へ帰れなくなり、ついにそのまま永住するに至ったソヴィエト人のアンナさんも、自分の味わった苦しみを滅多に口にしたりはしないが、途方もない屈辱に耐え、無数の挫折《ざせつ》を乗り越え、いま異国の神戸という街で、それぞれの城を作った。あの人たちはみな、戦争中、敵国の人間として日本で暮らしてきた。ソヴィエト人のアンナさんは、ナチス・ドイツのゲシュタポと日本の憲兵によって両親を殺されたのだ。それでも生きつづけた。あんなに健康だった私の夫は、平和な時代に三十半ばの若さで死んでしまった。いったい何が人間の生命を成しているのだろう。どんな力が私たちを生かしたり死なしたりするのだろう。

ときおり典子を襲う想念は、高見雅道と〈白い家〉が消えたあと、常よりも烈《はげ》しく、しかも虚無的であった。典子は、クッキーの入った箱を手に、店から出た。くすのきの巨木が、風のない、よく晴れた午後の陽《ひ》の中で、その葉をいやに黒ずませてそびえていた。金色の塗料で「ブラウン商会」と書かれたガラス戸から、中を覗《のぞ》き込んだ。リード・ブラウンが、もう二十年も使っているパイプをくわえ、五センチ四方の木をナイフで削っている。彼は、二週間前から、自分の手でチェスの駒《こま》を作り始めたのである。

「いつになったら完成するのかしら」

典子はリード・ブラウンの背後に廻《まわ》り、その固い肩をもんでやりながら言った。

「十二月の二十四日までには完成するよ。世界にひとつしかないチェスの駒が」

流暢《りゅうちょう》な日本語で、ブラウンは言って、ナイフと木片をテーブルに置くと、膝《ひざ》の上の木屑《きくず》をはたきおとした。

「クリスマスのプレゼント？」

「そう」

「相手は誰？　チェスの駒やから、若い女性とは違うわね」

縁なしの眼鏡越しに典子を見て、ブラウンはいたずらっぽく微笑《ほほえ》んだ。典子は、ブラウンが手製のチェスの駒を誰に贈るつもりなのか知っている。それは典子なのだった。ブラウンも、典子がそのことに気づいているのを知っている。お互い、知っていて、クリスマスまで芝居をしあうつもりなのだった。

リード・ブラウンは、格子縞《こうしじま》の半袖《はんそで》シャツの胸ポケットから、折り畳んだ紙を取り出した。きのう、途中で中断したゲームの、それぞれの駒の位置が書いてあった。

「典子は強くなったね。ナイトの使い方がうまくなったからだ」

そう言って、ブラウンは、紙を見ながら、チェス盤に駒を並べた。順番は典子からだった。典子が次の手を考えているあいだに、ブラウンは紅茶をたてた。

「そやけど、私が勝ったのは最初だけ。あれからもう五十回以上もゲームをやっとうのに、いっぺんも勝たれへん。なんで、初めてのゲームに勝ったのかなァ。ねェ、ブラウンさん、あのとき、わざと負けたのとは違うっていうのはほんと？」

　ブラウンは、人差し指を立て、教師が生徒を叱《しか》るみたいに、

「私が『典子』と呼んだときは、典子も私を『リード』と呼ばなければいけない」

　何度も注意されるのだが、典子はどうしても「ブラウンさん」と言ってしまうのである。

「そやけど、日本では、歳上の人から呼びすてにされても、おんなじように応対するのは失礼なんやもん……」

「儒教の影響ね。でも、私は『リード』と呼んでほしい」

「はい、はい。気をつけます」

　濃い紅茶にミルクをたっぷりに入れて、ブラウンはティーカップをテーブルに運んだ。

「最初のゲームで負けたときは、びっくりしたよ。あの日は悔しくて眠れなかった。チェスを知らない典子に、なぜこのリード・ブラウンが負けるのか」

「そやから言うたでしょう。私、小学生のとき、父の将棋の相手をさせられたの。チェスと将棋の違いは、歩と桂馬の動き方、それにチェスは相手から取った駒は使えな

いってことよ。ああ、もうひとつあった。升目《ますめ》の数。将棋は八十一個でチェスは六十四個……」

「そこが問題だ」

「そうね」

典子は、将棋で言えば歩にあたるポーンで、ブラウンのビショップを取りにいった。

「そうくると思ってたんだよ」

ブラウンは、眉《まゆ》をしかめ、

「いやな手だ」

とつぶやいた。

「私、この頃、昼間からお酒を飲みたいときが、しょっちゅうあるの。そんなにたくさん飲めへんけど、飲んだら一時間ほどぐっすりお昼寝が出来るから。そやけど、お酒を飲んでお昼寝をしたら、こんどは夜眠るときにもお酒がいるの」

ブラウンは盤上から顔をあげ、くわえていたパイプを手に持った。

「神経が疲れてるんだ。飲みたいときは飲んだらいい。私にも、そんな時代があったよ。酒なしじゃあ、一日も生きてられなかった。アンナは、私よりももっとひどかった。この人は、もう死ぬんじゃないのかなって思うくらいだったよ。人間には二種類ある。辛《つら》くて寂しくて哀しいことは、いつまでもつづかない。必ず終わるときが来る。その終わったときに、弱くなるか強くなるかの二種類だよ。アンナは、そのたびに強くなっていった女だ。でも、強くなったから幸福になったかというと、そうとも言えない」

ブラウンは、倉庫の奥にある寝室へ行った。息子夫婦が跡を継いでから、ブラウン商会の本店は元町《もとまち》に移り、リード・ブラウンの興した店は、倉庫として使っているのだった。

一冊のアルバムを持って戻ってくると、リード・ブラウンは、

「いまは異人館通りなんて観光用の名前がつけられたけど、近くにユダヤ人の社交クラブがあったんだ。空襲で焼けて、もう跡形もないけどね。あの空襲は忘れられない。一九四五年六月五日の明け方に始まった」

そう言って、アルバムをめくり、一枚の写真を典子に見せた。丸い大きなテーブルに、十二、三人の外国人が、頬杖《ほおづえ》をついたり、肩を組んだり、ポーカーの手を止めたりして写っている。

「戦争が始まってすぐのころ、そのクラブで撮《と》ったんだよ」

リード・ブラウンは、これが私と妻、これがアンナと指で示し、さらに、これがポーランド人でその隣で笑っているのがユダヤ人一家と説明したあと、典型的なドイツ人の風貌《ふうぼう》をした若い男を指差した。

「当時、えらそうにしてたドイツ人の中で、彼だけは親切だった。だから、みんな彼を信頼して、ホーム・パーティーに招待したんだ。ジョークも上手で品がいい。ところが、彼はスパイだった。ナチス・ゲシュタポの一味だったんだ。この男の密告で、何人の外国人が、日本の憲兵隊に連れて行かれたかしれない。ユダヤ人一家は、連れて行かれたきり、帰ってこなかった。でも私たちには、彼がスパイだってことが長いこと判らなくて、他のドイツ人を疑ったり、てっきりイタリー人の船員をスパイだと思い込んだりしてたんだ。ほら、この気立ての良さそうなポーランド人の若い夫婦も、どこへ連れて行かれたのか、いつ殺されたのか、いまでも判らないんだよ」

典子は、リード・ブラウンが何を言いたいのか思いあぐねて、その面長な顔を見あげた。

「彼の末路は哀れだった。戦争が終わると、アメリカ兵に追われて逃げ廻《まわ》り、私たちに助けを求めて来た。私も、彼の密告で十日間、憲兵隊に調べられたよ。そんな私に、かくまってくれって、泣きながら頼むんだ。でも結局、捕まって、船でドイツへ強制送還された。そして殺されたそうだよ」

　それからリード・ブラウンは穏やかに微笑《ほほえ》み、

「ヨシナオのお葬式の日、私はなぜか、そのナチス・ゲシュタポのスパイだった男を思い出した。なぜなら、ヨシナオも、そのドイツ人も、同じ三十五歳で死んだんだ。でもね、死に方が違う」

と言った。彼は、しばらくチェスの盤に視線を落とし、何か言おうとしてやめた。そして、

「うーん、しょうがないね」

　とつぶやき、自分のビショップで典子のポーンを取った。典子は、キングを前に進めた。両手で頭をかかえたリード・ブラウンは、

「きのう、寝ないで考えてたな。キングが動かないでいてくれたら、私には素晴らしい手がひとつあったんだ。もう七十パーセント、負けたもおんなじだね」

　眼鏡をわざとずらし、上目使いで典子を睨《にら》んでいたが、やがていままで一度も口にしなかったことを話し始めたのである。

　涼風が、海に面してあけはなった窓から吹き込んできた。ポートタワーが見え、港に並ぶクレーンがかすんでいた。

「私が病院にお見舞いに行ったとき、ヨシナオはもう自分の病気を知ってたよ。自分がこの病気に勝てる確率は十パーセントもない。そう言ってから、典子を助けてやってくれって私の手を握った。いい友だちになってあげることしか出来ないよ。私がそう言うとね、彼は、恋人になったら承知しないぞって笑ったよ。それから、こう言ったんだ。典子に好きな男性があらわれたら、リードの目で、そいつがつまらない男かどうかを選別してやってくれって」

「リードはどう答えたの？」

港のクレーンに目をやったまま、典子は訊《き》いた。

「私にまかしとけば安心だ。スパイがどんなふうに喋《しゃべ》るか、裏切り者がどんなふうに笑うか。このリード・ブラウンは、いやになるくらい見てきたからね。そう答えたよ」

典子がアヴィニョンの経営者になると決まった際の、リード・ブラウンのしつこいくらいの忠告を、典子は守りつづけてきた。それは、シェフの加賀と支配人の葉山が、いかに信頼出来る人間であろうとも、仕入れやその他の出費に関する伝票は、典子自身の目で厳しくチェックしなければならない、ということであった。肉や野菜などの仕入れ値を業者と交渉するとき、典子が必ず立ち会うこと。さらには入金の有無もしっかりと確認すること。それだけはあとまわしにしてはいけない。そう噛《か》んで含めるように言ったときのリード・ブラウンの表情は、典子に長時間続く緊張感をもたらしたほどである。

リード・ブラウンは典子の肩に手をそえ、

「私もヨシナオも、典子がアヴィニョンのオーナーになるなんて想像もしてなかったんだ」

と言った。彼は、紙に駒《こま》の位置を書き、チェスの盤をサイドボードの上に片づけた。

「私、リードの忠告を守ったお陰で、材料の良し悪しとか、値段が高いのか安いのかが、すぐに判るようになったのよ」

リード・ブラウンは両腕を拡げ、

「守れたのは、典子の努力だ。努力っていうのは、もうそれだけで力だよ。そう思わないかい？」

「思うわ」

「いまからなら、一時間昼寝出来る。私も少し寝るよ。典子もワインを少し飲んで眠るほうがいい。恋人が出来るまでね」

「そんな暇、ないわ。お昼寝が恋人……。もうじき、お酒が恋人になるかもしれへん」

「二つとも、危険な恋人だ」

典子とリード・ブラウンは顔を見あわせて笑った。彼は、ブラウン商会から出て行きかけた典子に言った。

「小さな車を買って運転手を雇ったのは、典子の素晴らしいアイデアだったね。北野坂から上は、急な細い坂道だから、客はアヴィニョンのフランス料理を食べたくても、あの坂を昇らないといけないのかと思うと、行き足がにぶる。そんなとき、電話一本で、車が迎えに来てくれる。これはグッド・アイデアだ」

その案を典子が思いついたのは、義父の代からの得意客である老人が席についたとき、ひどく息を切らしていたからだった。老人は東京に本社を持つ貿易商で、大阪や神戸に商用でおもむくと、いつも客をアヴィニョンに招待した。ペルシャ美術館よりもさらに坂道を昇ったところにあるアヴィニョンへ行くためには、三ノ宮からタクシーに乗り、北野坂から北野通りへ出て右折し、不動坂とつながる道をさらに昇って行かなければならない。その道は車も通れる幅はあるが、二台がすれちがうだけの余裕はないので、タクシーの運転手の多くは、北野通りと不動坂との四つ角で車を停め、ここから上は歩いてくれと無愛想に言うのだった。典子でさえ、北野坂からアヴィニョンへの坂道は息が切れた。夏など、休みながら昇っても汗ぐっしょりになるくらいに急な坂なのである。それで典子は、軽自動車で、客の送迎をすることを葉山に提案した。葉山は典子の意見に反対した。

「軽自動車なんて、安っぽう見られます。それに、運転手をひとり雇うための人件費と、その軽自動車を利用して店に来てくれるお客さまの売り上げは、ペイしません」

けれども、典子はそれによって支出が増えても、アヴィニョンを贔屓《ひいき》にしてくれる客が減ることのほうが、はるかに損害が大きいと言った。それは金の問題ではなくアヴィニョンという店の客への心遣《こころづか》いの問題だと。

結果的には、典子のアイデアは、足が遠のいていたかつての得意客だけでなく、新しい客をも招き寄せたのだが、古くからの支配人である葉山直衛の自負心に傷をつけることにもなったのである。

典子は、店内にたたずみ、〈白い家〉のあとに、代わりの飾りを補わなければと考えた。十日たったら〈白い家〉は帰ってくるのだが、何かで補っておかないと、店全体が間の抜けたように感じられそうな気がした。

二階にあがり、自分の部屋に入って、ワインをグラスについだ。ドアに鍵《かぎ》をかけ、窓はあけたままにしてカーテンだけしめると、典子は着ているものを脱いだ。夫の愛用していた太い横縞《よこじま》の入ったパジャマを出し、上だけ着て、ベッドに横たわった。

「何から何まで、ラグビー……。パジャマまでラグビーのユニホーム……」

そのパジャマは、母校のラグビー部のユニホームとまったく同じ柄だったので、夫が子供みたいにはしゃいで買って来たものだった。木綿《もめん》の夏物だったが、夫は冬でもそのパジャマを着て眠った。

赤ワインを飲んで、それが胃に沁《し》みると同時に熱くなっていくのを、典子は最初ひとつの鋭敏な刺激として、けれども次にはあいまいに何かを代弁する気配として楽しむのである。前者は、自分の体の中で生き始めたアルコールのいたずらであり、後者は、まがうかたのない性の蕾《つぼみ》のほころびだった。胃がアルコールを感じなくなると、典子は決して他人には喋《しゃべ》れない夢想にひとりとき遊ぶのだが、その対象が死んだ夫だったことは一度もなかった。

それは典子に罪の意識ではなく、ある種のたじろぎをもたらし、つかのま彼女を不安にさせ、長わずらいの病人みたいな息遣《いきづか》いをさせる。あしたもあさっても、同じような午後が訪れ、そうやって歳を取っていくのだろう。典子のとりとめのない思考は、眠りに落ちる前、きまってそこへ辿《たど》り着くのである。しかも思考はいつも健康な肉体に組みしだかれているのだった。

ほんのちょっとうたたねをしたつもりだったが、目を醒《さ》ますと、階下の調理場で見習いコックを叱《しか》りつけている加賀勝郎の声が聞こえた。典子は慌ててベッドから出て、顔を洗うと、大きなドレッサーの前に坐《すわ》った。化粧をして、長袖《ながそで》の白い絹のブラウスとロングスカートに着換え、調理場へ降りて行った。

その日その日で料理の内容が変わるため、メニューは、表紙にアヴィニョンの店名と石の橋で蝶《ちょう》を追っている少年のエッチング絵を印刷し、中身は白紙にしてある。そこに加賀がフランス語で、コース料理と数種の一品料理の名を書き、典子が日本語で内容の説明をつけくわえることになっていた。

「オードブルは、鴨《かも》のリエットトゼリー添え、あわびの薄造りにグリーンソース、それに仔羊《こひつじ》の胸腺肉に季節野菜の三種です。スープはコンソメとカボチャの冷製スープ。メインは、伊勢エビのナージュと神戸牛のコントフィレステーキ。デザートはシャーベットがいつもとおなじ五種類で、もうひとつはモカケーキです」

加賀はすでに黒インキを使ってペンで書いた自分の字を指差しながら、ゆっくりと典子に説明した。それをメモ用紙に急いで控えていきながら、典子は、

「きょうは、二組の団体予約があったわね。オードブルは三種類のうちの二つを選ん

でもらうんでしょう?」

と訊《き》いた。加賀は頷《うなず》き、

「勧めるときは、あわびと羊が一緒にならないようにして下さい。あわびの薄造りか鴨のリエットゼリー、それか、羊の胸腺肉です」

と言って、大型の冷蔵庫の横にある引き戸をあけた。五十センチ四方の穴に梯子《はしご》が架けられている。降りると、そこはワイン庫で、その奥に、加賀が自分で作ったアペリティフ用の果実酒が並んでいるのだった。その何百本もの、さくらんぼやいちごや桃やカリンやびわで作られた果実酒の壜《びん》を、加賀は自分以外の人間に決して触れさせなかった。アペリティフは、客の好みではなく、その日のオードブルによって、加賀が選択するのである。なかには、さくらんぼのアペリティフだけを求める客がいたが、そのような客には、シェフの加賀がみずからテーブルにおもむいて、

「申し訳ございません。あいにく、桃のアペリティフしかご用意出来なかったものですから」

と笑みを絶やさず丁寧《ていねい》に納得させるのである。

「もうお歳を召した気難しいフランス人の女性が、その日のぶんを、一種類しか譲って下さらないんです」と。

典子は、なぜ加賀が、果実酒で作るアペリティフが自分の手製であることを客に内緒にしているのか不思議でならなかった。そのよく冷えたグラスに注《つ》いで出されるアペリティフのファンは多かったからである。それで典子は、夫の跡を引き継いで間もなく、加賀に理由を訊《き》いてみたのである。加賀は職人特有の素っ気なさで、

「ひとつかふたつ、店に、謎《なぞ》めいたものがあるほうがいいんです」

と答えた。そのとき、なるほどと感心した典子は、一年もたたないうちに、アヴィニョンというフランス料理店における謎めいたものの中に自分が組み入れられようとは思ってもいなかった。

「きょうは松木さんのグループが十人と、兵庫病院の先生方が十二人ね」

典子は、メニューに青いインクで日本語の内容説明を書き込んでいきながら言った。

「団体さんはその二組ですけど、ほかに五つ予約のお客さまがいらっしゃいます」

加賀は、さくらんぼの果実酒をそっと床に置き、ワイン庫から顔だけ突き出すと、一品料理の説明を始めた。そして、ことし高校を卒業したばかりの見習いコックに、

「こらっ、カボチャのスープは、もっと大きく大きく、ゆっくりゆっくり、かきまわすんだ。何遍《なんべん》言ったら判るんだ。この馬鹿が。殴られなきゃ覚えられねェのか」

と怒鳴った。典子は、そうだ、今夜はあの松木夫人のグループが来るのだと言い聞かせ、ふと首をもたげて、先月、彼女たちが来たとき、私はどんな服を着ていただろうと考えた。前と同じ服を着ていたら、

「あら、私が来るときは、マダムのお召し物も楽しみにして来るのよ。先月とおんなじ服やったら、がっかりするやないの」

と言われ、夫人より高価なものを身につけていれば、

「ちょっとこのお店、儲《もう》けすぎとうのと違う？　マダムの服を見てよ。私らが着てる服よりも、絶対に丸がひとつ多い筈《はず》やわ」

そう皮肉たっぷりに睨《にら》まれるのである。

「松木さん、先月はいつ来られたか覚えてる？」

典子は加賀に訊いた。

「土曜日でしたね。いつの土曜日だったかな」

料理の仕込みをしながら、加賀は首をかしげた。さっき加賀に叱られた坊主頭の見習いコックが、

「十五日でした」

と言った。

「ぼくの妹の誕生日でしたから」

「そう……。私、その日はどんな服を着てたか覚えてる？」

「さあ……、小さな花模様の服やったような気がしますけど」

「気がするだけでは、困るのよねェ」

「すみません」

典子は笑って、

「謝ることなんかあらへん」

と言い、メニューにペンを走らせた。

何月何日に、どんな予約客があったかは、店の日誌を見れば判るのだが、典子は、これからはそこにどんな服を着ていたかも書きそえておかなければと思った。

大きな貴金属店を三ノ宮のセンター街に持つ松木精兵衛はすでに六十歳を超《こ》えていたが、その妻である松木かづ子はまだ四十歳になったばかりで、友人を集めてＪＥＢの会なるものを作っている。Ｊはジャズ・ダンス、Ｅは食べる、Ｂは本。つまり、読書をして、おいしい料理を楽しんで、ジャズ・ダンスで汗を流し、教養を高めるとともに若さと健康を維持することをモットーとする会らしかった。

典子は二年ほど前、松木夫人に、

「ダンスでしたら頭文字はＤですわね。でも、それでしたら『ジェブ』と違って、『デブの会』になって具合が悪いですわね」

そううっかり口を滑らしてしまったことがあった。松木かづ子も含めて、グループの大半が、ジャズ・ダンスで肥満防止に成功しているような体型ではなかったのである。その日をさかいに、ＪＥＢの会は典子の店に来なくなった。

「無愛想なのもいけませんが、うちみたいな店のマダムは、お客さまに冗談なんか言わんほうがええのです」

と支配人の葉山に注意され、典子は手みやげを持って、芦屋《あしや》の松木邸まで謝罪に行った。

「べつにフランス料理店はアヴィニョンだけと違うわ」

松木かづ子はそう言ったが、ひたすら謝罪する典子のしとやかな態度で機嫌を直し、月に一度、加賀勝郎の作る料理を楽しみに来てくれるようになったのだった。典子は、そのときの、松木かづ子の言葉を思い浮かべ、

「松木さんに謝りに行った日の、あの坂道の長くて足の重たかったこと……」

と加賀に言った。加賀は笑い、

「想像がつきますね。私だったら行けません。それならそれで、うちの店に来てくれ

なくてもいい。そうひらきなおります」

そう言ったあと、そっと目配せをして調理場から出ると、店の入口近くで典子が来るのを待っていた。

「その松木さんのことなんですけど、水野に法外なチップを渡してるそうです」

加賀は店の玄関をうかがいながら言った。

「法外なチップ？」

「ええ、だいたいいつも五万円ぐらい渡してるらしいんですよ」

水野は半年前に雇ったウェイターであった。

「五万円も？　いつごろから？」

「三ヵ月ほど前からみたいですねェ」

そろそろウェイターたちがやって来る時分だったので、加賀はしきりに小窓から外を見やった。

「松木さんは後妻でしょう？　二十二、三歳くらい歳上のご主人ですし……」

それ以上は言う必要がない。加賀はそんな顔つきで典子を見やった。

「水野は、骨惜しみしないで働く男ですけど、あっちこっちの店を転々としてきたせいか、ようするに勤めずれしてるんですよ。それに、なかなか女好きする顔だし。私は、厄介なことにならないうちに辞《や》めさしたほうがいいと思います」

そのような場合の加賀の判断は、たいてい正しかった。

「そやけど、辞めさす正当な理由があれへんわ」

「五万円ものチップをもらって、それを主人にも支配人にも内緒にしていたというのは、理由になりませんか」

典子は、今夜、葉山に相談してみると答えたが、それよりも先に、水野に事の真偽をただしてみなければならない、そう考えて時計を見た。調理場に戻りかけた加賀に、

「五万円のチップのこと、誰が気づいたの？」

と訊《き》いた。

「ＪＥＢの会のメンバーのひとりです。その人が、帰りがけ、挨拶《あいさつ》に出た私に耳打ちしまして」

「そう」

しかし、いま水野に辞められるのは困るのであった。ホテルのダイニング・ルームで働いたあと、東京にある三、四店のフランス料理店に勤めた水野は、典子よりもフランス料理にくわしかったし、接客の術《すべ》も手慣れて機敏だったからである。水野と

て、その気がなければ、五万円ものチップを受け取ったりはすまい。松木夫人と水野とは、もうすでに、加賀の言う「厄介な」間柄になってしまっている。典子はそんな気がした。今夜、二人の視線をそれとなく見ていれば判るに違いない。水野を辞めさせたら、松木夫人はアヴィニョンにこなくなるだろう。水野は、辞めさせられた理由を当然松木夫人に伝えるに決まっているのだから。

典子は、調理場にいる加賀を呼び、自分の考えを言った。

「そうかもしれませんねェ」

加賀は眉《まゆ》をしかめた。

「やっぱりＪＥＢの会は大事なお得意さまよ。少ないときでも十人、多いときは十八人が、一人一万五千円のコースを取ってくれるんやもん。それも毎月」

「しばらく様子を見て、名より実を取りますか」

「水野さんも、私らが気づいてるってことを知ったら、自然に自分から辞めていくのと違うかしら」

加賀は無言で何度も頷いたが、眉はしかめたままだった。

「暑くなりましたねェ」

扉をあけるなり、ハンカチで額や首筋の汗を拭《ふ》きながら、水野敏弘は大声で言った。妻と三人の子を持つ水野は、典子とおない歳で、いつも背を真っすぐに伸ばし、厚い胸板を誇示するようにして客の註文《ちゆうもん》を待つ。三十七歳なのに、上の子は来年高校生になるのである。履歴書では、十九歳のとき、学生結婚したことになっていた。デザートのケーキが余ると、大事そうに持って帰る子ぼんのうな父でもあった。

水野も〈白い家〉が消えているのを怪訝《けげん》そうに見やり、

「あれ？　どうしたんですか」

と典子に質問した。典子は、絵の作者に十日間の約束で貸したのだと言いかけて、不審なものを感じた。高見雅道と名乗る青年が訪れたのはきのうで、しかも開店まぎわの筈《はず》だった。開店まぎわなら、まだそれほど忙しい時間ではない。だから水野も、その高見雅道と支配人とのやりとりを知っていて当然なのである。

「水野さんは逢《あ》えへんかったの？　あの絵を描いたっていう人と」

「きのうは、ちょっと急に私用が出来まして、出勤を遅らせていただいたもんですから。マダムがお出掛けになったあとでしたので、葉山さんに電話で許可をいただきました」

水野は、手ぎわよく掃除機をかけながら言った。その口ぶりには、どことなくぎごちなさがあった。二人の若いウェイターが出勤して来て、元気よく典子や調理場の連中に挨拶《あいさつ》すると、一人は玄関先の掃除にかかり、一人は糊《のり》のきいたテーブルクロスを各テーブルに掛け、ナプキンを丸い輪の形に折りたたむ作業を始めた。

　もし今夜も、松木夫人が、水野に法外なチップを渡すとすれば、二人は深い関係にまで至っていない。松木夫人にすれば、水野との火遊びがある段階にまで達していれば、もう人目を避けてチップを渡す必要はないのだ。典子はそう考え、今夜、松木夫人が水野にチップを渡してくれることを願った。典子は、三ノ宮のセンター街で、水野と、彼の妻や子供たちと出合ったことがある。店の休みの日で、水野一家は買物がてら、センター街をぶらついていたのだった。小柄で、人柄の良さそうな妻と、最近では珍しくちゃんとおとなに挨拶が出来る子供たちに好感を持ち、典子は、喫茶店に誘ってお茶やケーキをご馳走《ちそう》したのである。その水野の妻や子供たちを思い浮かべ、典子は、辞《や》めさせたらそれで済むという問題ではないと思った。ひとまず、今夜は様子を見て、どちらにしても、店を閉めたあと、水野と話し合ってみよう。典子はそう決めて、三人のウェイターが、それぞれ分担してある仕事の終わるのを待った。

　彼等が制服に着換えるころ、葉山直衛が出勤して来た。彼は見事な銀髪をオールバックにして、典子のアイデアである運転手付き軽自動車で到着する。最初は頑固に拒否していたが、典子にしつこく勧められ、三ノ宮駅から一度軽自動車を利用して長い

坂道を昇って来てからというもの、葉山は、

「それではお言葉に甘えて」

と照れ臭そうに言い、以来ずっと軽自動車で出勤するようになった。

シェフの加賀も交えて、今夜のメニューと予約客の確認を行い、開店準備が整ったとき、葉山が、

「代わりの絵がいるやろと思いまして」

と一枚の油絵を、運転手の小柴に持ってこさせた。

静物画だったが、デパートの画材店に行けば幾らでも売っているような絵だった。

加賀がちらっと典子を見た。加賀は趣味がひろく、読書家で、休日にはよく絵画展や陶芸展などをこまめに廻《まわ》っている。何が「いい物」であるのかを知っていなければならないというのが、加賀の料理家としての基本であった。料理と文学と何の関係があるのだ……。そう言って、加賀の厳しさに耐え切れずアヴィニョンを辞《や》めていく若者はしょっちゅういた。休みの日は本を読め。それも料理の本ではなく、すぐれた小説とか、歴史書だとかを。加賀は、若いコックにつねづね語っていたが、なぜそうしなければならないのかは説明しなかった。

けれども、典子は、そんな加賀の考え方を立派だと思っていた。加賀の持論は、す

べて見事に、彼の作る料理に生かされているのを知ったからである。加賀は、初めてアヴィニョンを訪れた客を、調理場から出て、大きな木製のついたて越しに一瞥《いちべつ》する。その客の顔、身につけているもの、あるいは、漂《ただよ》わせているもの……。加賀は決して自分の料理哲学を客に押しつけたりはしなかったが、一枚の皿を選ぶとき、その客から感じた何物かを考慮に入れている。料理であるかぎり、〈うまい〉だけでは充分ではない。〈楽しい〉という点も要素であり、〈贅沢感《ぜいたくかん》〉も、逆に〈素朴感〉も、それぞれの料理によって必要である。客によっても、求めているものは多種多様なのだ。その客は何を〈うまい〉と考え、何を〈楽しい〉と感じるのか。加賀は自分の哲学の範囲で許容出来る遊びを、客によって使い分けるのである。

だから、典子が買った〈白い家〉を、加賀が店内に飾るのを認めたということは、とりもなおさず、その無名の画家の絵を、加賀も気に入り、アヴィニョンに、つまりは自分の作る料理に必要な素材のひとつとして迎えたわけになるのだった。

「いい絵ですね」

加賀は〈白い家〉をときおり凝視《ぎょうし》しながら、典子にだけ聞こえる声でつぶやくときがあった。すると、典子はあたかも自分が賞《ほ》められているような気がして嬉《うれ》しかった。

加賀は、葉山直衛が気をきかせてどこかで調達してきた油絵を、断じてアヴィニョンの店内に飾りたくないのである。

「あの絵が、どうしてなくなったのかも、お客さまの話題のタネになるでしょう」

加賀は、葉山を傷つけないよう、そんな言い方をした。

「気に入りませんか」

葉山はすぐに察して、典子を見やった。そして、

「結局、貸してあげるやろと思て、他の絵を捜して来たんです。あの人が描いたことにはどうも間違いはなさそうでしたが、返ってくるという保証はあるんですか？」

と言った。

「住所も名前も聞いといたわ」

言った途端、典子は不安になってきた。

名前はともかく、住所や連絡先が嘘《うそ》だったら、取り返すてだてはないに等しい。あの青年を信じるしかない。だって私は、信じたからこそ〈白い家〉を、作者だという高見雅道なる青年に貸したのだから……。典子は自分にそう言い聞かせ、

「さあ、今夜も楽しく働いて下さいね」

と従業員たちに笑顔で言った。

　ＪＥＢの会の面々が訪れたのは七時前である。クロークに手荷物をあずけている松木かづ子のうしろ姿に神経は集中したが、他のメンバーひとりひとりに、

「いらっしゃいませ」

と挨拶《あいさつ》をして、それとなく水野の表情を窺《うかが》った。水野は、いつもと変わらない動作で、メンバーをテーブルに案内し、他の二人のウェイターとともに、椅子《いす》を引いて、席につかせていた。松木かづ子が、はしゃいだ声で、

「きょうは、どんなお料理かしら。シェフの手書きのメニューを見ると、胸が弾んでくるのよね」

　そう言いながら、水野の引いた椅子に腰かけた。顔立ちは、何もかもが大造りで、遠くから見ると、たいていの人が目をとめる。だが、丁寧《ていねい》に抜いて揃《そろ》えた眉《まゆ》のあたりの、極く薄いえんじ色のシャドーが、はからずも彼女の目に、脂《あぶら》ぎった淫猥《いんわい》なぎらつきを浮き出させてしまう。それに、金の太いブレスレットと三つの指輪はすべて質の高い本物だが、どれもみな大きすぎることによって、品位を落としているのだった。

　典子がオードブルの説明を始める前に、手ぎわよく、ウェイターが小さなグラスに注《つ》がれたアペリティフを運んで来て、客たちの前に配った。グラスも果実酒で作ったアペリティフも、すでに充分に冷やされてあった。三種のオードブルから二種類を選

択するだけで、十五分近くかかる。とにかく賑《にぎ》やかな奥方連が十人も、ひとつのテーブルについているのである。

「はい。羽鳥さまは鴨《かも》のリエットゼリー添えとあわびの薄造りにグリーンソースでございますね」

典子が確認すると同時に、水野がそれをメモにひかえる。そうやって最後のデザートが決定するまで三十分もかかり、その間に、家族連れや、若いカップルの予約客がアヴィニョンに入って来た。註文を聞き終えて水野が調理場へ行きかけたとき、

「水野さん、ちょっと痩《や》せはったんと違う？」

と松木かづ子が話しかけた。水野に話しかけたのか、典子に話しかけたのか、とっさに判断がつきかねた。当然、水野にも聞こえた筈《はず》だったが、彼は振り返りもせず、いかにも聞こえなかったようにして、ついたての向こうに消えた。義父が、わざわざフランスまで出向いて購入して来たシャンデリアが三つ、店内にほどよい明かりを落としていた。クローク係が、そっと典子を呼びに来て、

「高見雅道さんて方からお電話ですが」

と耳打ちした。

普段なら、客以外からの電話は仕事が一段落したときでなければ出ないようになっ

ていた。クローク係も心得ていて、適当な口実をもうけ、あとでこちらから電話をかけなおす由を伝える。岡本の義母や、実家の者たちは、調理場の奥の、電話帳に載《の》っていない内緒の電話を使うのである。

「どうしても取りついでもらいたい、ご本人にでないとお話し出来ない急用だっておっしゃるもんですから」

典子は、自分を待っている家族連れの客に、

「申し訳ございません。しばらくお待ち下さい」

と詫《わ》び、小走りで電話のあるところに行った。

「お仕事中、すみません。きょうおうかがいした高見です。さっき東京に着いて、すぐに画廊で展覧会用の額に入れ換えたんです。そしたら、絵の裏に、手紙が貼《は》ってあったんです」

「手紙……？」

典子はとっさに何のことだか判らなくて、思わず訊《き》き返した。

「ええ、手紙です。封筒に入れて、テープで留めてありました。表には典子へと書いてあって、裏は義直となってます。日付が入ってるんです。一九八一年五月一日」

「五月一日……」

夫が死ぬ五日前であった。

「別の封筒に入れて速達でお送りしましょうか。それとも、絵をお返しにうかがうとき、お渡ししましょうか」

「絵の裏に貼ってあったんですか？」

「ええ。すぐにおしらせしたほうがいい、なんかそんな気がしたもんですから」

典子は〈白い家〉を買って以来一度も、絵を額から出したこともなければ、裏蓋《うらぶた》を外したこともなかったのである。夫はなぜそのような手紙を絵の裏に貼っておいたのだろう。私は四年間も、夫が死の間際に書き遺《のこ》した手紙の存在に気づかなかった。いったい何が書かれているのであろう。典子は、もういますぐにでも読んでみたかった。電話口を押さえ、クローク係に、新神戸から東京への新幹線の最終は何時なのかを調べるよう言った。

「早う調べて」

仕事中の典子らしくない声で、葉山も水野も、常連の家族連れも、典子を見つめた。八時過ぎに東京行きがあった。典子は時計を見た。七時二十分だった。いまからだったら間に合う。急いで服を着換え、客用の軽自動車を使ったら間に合う。彼女は、

「いまからそちらに行きます」

と高見に言った。

「えっ？　いらっしゃるんですか？　いまから？」

「画廊におうかがいします」

「ほんとにいらっしゃるんですか？」

「急がんと間に合えへんわ」

ほとんど叫ぶようにして言うと、典子は電話を切り、調理場に入って、二階へ駆け昇った。葉山と加賀があとを追って来た。

廊下の途中で、

「どないしはったんですか」

と葉山が声をかけた。自分の部屋のドアの前で立ち停まり、典子は〈白い家〉の裏側に夫が手紙を遺《のこ》していたことを、いま言うべきかどうか迷った。いかなる内容なのか見当もつかなかったからである。若くして未亡人となる妻への、さまざまな思いを込めたものであるかもしれないし、あるいはアヴィニョンの今後に関して夫の遺志が書き記されているやもしれなかった。

「いまから東京へ行きます。葉山さん、私が出たらホテルを予約しといて下さいね」

それだけ言って、典子は部屋に入った。ドア越しに、葉山が訊《き》いた。服を着換えながら、典子はあいまいな返事を返した。

「東京て、またなんでこんなに急に行くことになったんです？」

「帰ってから説明します」

「東京のどこへ行きはるんですか」

「銀座」

「ホテルを予約しとけって……。どこのホテルを予約したらええんです？」

「銀座に近いとこがええわ」

「満員やったら」

「ホテルは一軒だけやないでしょう？　東京へ着いたら電話します」

たぶん一泊するだけだろうと考え、典子は換えの下着をボストン式のハンドバッグに入れ、二種類のクレジット・カードを財布にしまった。あわただしく準備しているうちに、典子は、その手紙がアヴィニョンの今後とは無関係な事柄をしたためたものだと思い至った。永遠とまではいかないけれど、絵が額から外されたり、裏蓋《うらぶた》をあけられる機会は、いつ訪れるか判らないのである。そのような場所に、幾らのんびり屋の夫とて、緊急事項を書いて遺しておくとは考えられなかったのだった。ドアをあけると、葉山と加賀が通せんぼするような格好で立っていた。ちゃんとした理由を聞くまでは、通すわけにはいかない。そんな表情であった。

典子が腕時計を見て、新幹線に間に合わないので、運転手にその由を早く伝えてくれと葉山をせきたてたのは、とっさの知恵だった。葉山は、それがどんな内容にせよ、手紙の存在を義母にしらせるだろう。典子はアヴィニョンの女主人の座など、いますぐに捨ててもよかった。そんなことに固執してはいなかった。ただ、手紙の内容に、なにか単純ではないものを予感したので、目を通すまで、亡き夫の母には知られたくなかったのである。不服そうな顔つきで葉山直衛は調理場へ降りて行った。典子は葉山の足音が聞こえなくなったあと、加賀にかいつまんで説明した。

「手紙？　絵の裏に義直さんの手紙がですか？」

「私、主人がこの店の今後について何かを書き遺したとは考えられへんの」

「そりゃそうでしょう。そんな手紙を絵の裏にそっと貼《は》っておいたりはしませんよ」

と加賀は言った。

「そやけど、葉山さんはすぐに岡本のお義母《かあ》さんにしらせるわ」

加賀勝郎は顎《あご》をしきりにつまみ、

「厄介な小娘が、つまらない詮索《せんさく》をして、手紙を見せろって迫るでしょうしね」

そう小声で言って頷《うなず》いた。

調理場の隅にくぐり戸があった。典子がそこからアヴィニョンの裏側の路地に出、軽自動車を停めてある場所へ行き、助手席に坐《すわ》ると、玄関から葉山が小走りで近づいて来た。

「ホテルを予約しときました」

そう言ってホテルの名を教え、一時までに必ず電話をくれるようにとつぶやいた。

クローク係から訊《き》き出したらしく、

「あの若い絵描き、何を言うたんです？　たかが絵のことで、わざわざ今晩中に東京へ行かんとあかんのですか」

葉山が気を悪くするのは当然だと思ったが、典子は小柴に、

「急いでちょうだい」

と言って、車を発進させた。

「ちょうどよかったです。いまから新神戸駅へ須貝さんを迎えに行くとこでした」

小柴はそう言い、信号が黄色から赤に変わりかけている交差点を強引に左折した。

「あら、須貝さん、予約してはったかしら」

「いいえ、五分ほど前、新神戸に着いたから迎えに来てくれって電話があったんです」

「そう……。私、須貝さんと顔を合わしとうないわ。駅の近くで私を降ろして、さっと須貝さんを車に乗せてね」

「判ってます。あの人、マダムが東京へ行くと知ったら、予約をキャンセルして、おんなじ新幹線に乗るでしょうからね」

「いやな男……」

広島で三軒の大きなパチンコ店を経営している須貝卓男は、北野町のマンションに愛人を囲っているくせに、典子に言い寄ってくる。機会を窺《うかが》っては、典子を食事に誘ったり、高価な贈り物を手渡そうとするのだった。葉山に言わせれば、そんな類《たぐい》の客は、毅然《きぜん》と店への出入りを断るほうがいいとのことだったが、須貝は身だしなみもきちんとしていて、物静かで、他の客を不快にさせる態度や言動などとらないので、断る正当な理由がないのである。

「私が、今夜にでもわざと失礼なことをやってみましょうか」

と元長距離トラックの運転手だった小柴は言った。

「あとで厄介なことになったりしたら困るし……」

「うしろは、いちおう調べときました」

「うしろ……」

「やくざのうしろ盾があるかないかをです。葉山さんに頼まれまして」

「あったの?」

「ないとは言えませんけど、ご心配いりません。責任は全部私が取らせていただきますから」

新神戸駅の近くで降りて、典子は物陰に身を隠し、須貝が車に乗るのを確かめると切符売り場へ走った。

東京行きの新幹線にはかろうじて間に合った。車内放送で、東京に着くのは二十三時四十六分だと聞き、高見雅道の残していった名刺を見た。典子は、あっと小声をあげた。名刺には勤め先のデザインスタジオの社名と高見の名前、それに住所と電話番号が刷られ、裏にボールペンで、高見の住まいとその電話番号しか書かれていないのである。いま画廊で展覧会のための準備をしているとだけ聞いて、典子は、どこの何という画廊なのかは訊《き》かないまま電話を切ってしまった。高見は、銀座などとはひとことも言わなかった。それに気づくと、典子は、どうしてまた銀座だと思い込んでしまったのだろう、東京に着いても、どこへ行けばいいのだろうと途方に暮れた。

彼女は電話のある車輛《しゃりょう》に行き、高見の勤め先の電話番号を交換手に告げた。もしかしたら、まだ誰かが仕事をしていて、高見の居場所を知っているかもしれない。そう考えたのだった。

　若い男が出て来た。

「三光ビルっていうところの二階だってことしか知らないんですよ。画廊の名前も、何て言ったかなァ……。堀村画廊……、いや、大村画廊……。うーん、ちょっとはっきり覚えてませんねェ」

　典子は礼を言って電話を切り、席に戻った。東京に着いたら電話帳で三光ビルを捜すしかない。とにかく行くだけ行ってみようと決めた。そう決心したのは、彼女に、ひょっとしたら高見雅道が東京駅まで迎えに来るかもしれないという予感があったからだった。高見も、あの甲斐典子という女は、東京に着いてからどうするつもりなのかと首をかしげ、自分は画廊の名も場所も教えなかった筈《はず》だと思うに違いない。としたら、高見は迎えに行くしか仕方がないのだ。予感はときに強まり、確信はときに弱まった。

　東京駅に着いて、典子はしばらくプラットホームに立っていた。乗客のほとんどが階段を降りて行ってしまったころ、売店の横を高見雅道が走って来た。典子は安堵《あんど》と嬉《うれ》しさで、思わず手を振った。振った手の始末に困って、しきりにその手で髪を梳《す》いた。

「よかった、みつかって。ぼくがこなかったらどうするつもりだったんですか？　こっちが画廊の場所を教えようと思った途端に電話を切っちゃうんだから」

と高見は額の汗を手の甲でぬぐって言った。

「ほんと……。どうかしてたのね、私……。そんなこと、ぜんぜん考えんと新幹線に乗ってしもたの」

しかし、それならば、あのあとすぐに電話をもう一度かけてくれればいいではないか。典子はそう思って、なぜそうしなかったのかと訊いた。

「迎えに行くしかないなって決めちゃったんですよ。時刻表で調べたら、新神戸に停まる東京行きは、これしかないんです。お金持だから、てっきりグリーン車だと思って、それが停まるあたりをうろうろしてたんです」

典子は高見と並んで八重洲口の改札を出た。

「私、なんでかしらんけど、画廊は銀座にあるって思い込んでたんです」

タクシー乗り場の列の最後についてから、典子は言った。

「ええ、銀座ですよ」

「あらっ、そしたら……」

「でも、銀座といっても広いですし、ビルの二階に借りた部屋には、まだ看板をあげてないんです。きょうやっと電話がついたくらいですから」

タクシーに乗って、二人はしばらく黙っていた。運転手が、行き先を訊いた。典子は画廊に行くものと思っていたので、高見が行き先を告げるのを待っていたのである。しかし、高見は、典子を、今夜泊まるホテルへ送るつもりで、典子が運転手にホテルの名を言うものと思っていた様子だった。

「主人の手紙、画廊にあるんでしょう？」

「いえ、持って来ました」

「どこへ行くんですかァ」

運転手は苛立《いらだ》ちの声をあげた。典子は慌ててホテルの名を言った。タクシーが走りだすと同時に、高見はシャツの胸ポケットから、かなり黄ばんでいる封筒を出し、典子に手渡した。

「ちょうどいいです。画廊は甲斐さんの泊まるホテルの近くですから、ホテルにお送りしたら、ぼくはまた歩いて画廊に戻れますよ」

いっときも早く封を切りたかったが、典子は手紙をバッグにしまい、夜の皇居前の並木に目をやった。

「あのう、失礼かもしれませんが、お訊きしてもいいですか？」

と高見は言った。

「何をですか？」

「さっき、主人の手紙っておっしゃいましたねェ」

「ええ」

高見はそれきり口を閉ざしてしまった。

「お訊きになりたいの、それだけ？」

高見は、髪の毛をかきあげ、口ごもっていたが、

「いや、ぼくは、ご主人の手紙を読むために、どうして、神戸からすっとんで来たんだろうって、ちょっと思ったもんですから」

「主人、四年前に亡くなりましたの」

「四年前？」

「ええ、この手紙の日付から五日後に」

「五日後……」

高見はそれ以上の質問はしてこなかった。

「びっくりしましたわ。絵の裏に主人が手紙を遺《のこ》してたなんて。それを四年間も気がつけへんかったなんて」

タクシーを降り、ホテルの広いロビーに入ったところで、高見は軽く頭を下げ、

「じゃ、ぼくはここで失礼します」

と言った。典子の心は、ほとんどボストン式のバッグの中に向けられていたので、気もそぞろにお辞儀を返すと、チェックインの手続きをした。ボーイに案内されて部屋に入り、彼女は、手紙の封を切った。

典子へ
結婚して五年が過ぎたばかりだというのに、ぼくは典子の前からも、この地球からも消えて行ってしまわなければならなくなりました。結婚前、ぼくは典子にたくさんの約束をしたが、何ひとつ果たさないまま先立つことを許して下さい。ぼくの死後の、典子の身の振り方については、母にすべて頼んでおきました。母は典子に、出来るだけのことをしてくれると思う。
ぼくは、さんざん迷ったあげく、典子には不愉快極まりないこの手紙を書くことにしました。ぼくの胸にしまっておけばいいのですが、あとになって面倒な事態が生じる可能性もないとは言えず、またそれ以外に、人間としてのぼくの、捨てきれないこだわりもあるのです。

ぼくには、大学時代、好きな女がいました。大学四年生の春に知り合い、秋に別れました。これは、典子と知り合う以前の、あとさきなど念頭にない学生時代のことなので、許してもらうしかありません。

女の名前は、岸辺令子といいます。彼女は、ぼくと別れて二ヵ月後に大学を辞《や》めて結婚しました。詳しいことは省きますが、彼女には、ぼく以外にもうひとり好きな男がいて、結局、その男と結婚したのです。結婚式は、十月の末でした。なぜなら、彼女は妊娠していたから、双方の両親が慌てたのです。当然、ぼくと彼女とのあいだには肉体関係がありました。そして彼女は、その男とも週に二度、ベッドをともにしていました。いったいどっちの子なのか、彼女にも判らなかった。しかし、いろんな事情があり、彼女はぼくとの関係を隠したまま、その男の妻になり、女の子を生みました。女の子を生んだということは、友人から聞いたのです。

子供の父親はこのぼくだ……。なぜかそんな気がして仕方がありません。そのような問題を掘り起こすことは、お互いの家庭にとって何ひとつプラスにはならない。充分に承知しながらも、ぼくは死を間近にして、自分の子なのかどうかを、知りたくてたまらないのです。

ぼくはここ数日、志摩の海を見ながら、そのことばかり考えています。何度、典子に話そうと思ったかしれません。ですが、ついに話さないまま死ぬでしょう。真相を知ったとて、何がどうなるものでもない。

たぶん、そこまでやって来た死が、ぼくを狂わせたのです。そして、死に臨《のぞ》んだぼくの勘は、きっと当たっていると思うのです。

この手紙は永久に典子の目に触れないかもしれないし、ぼくが生きているあいだに、読まれてしまうかもしれない。典子には黙っているべきだという心と、典子に話して相談に乗ってもらいたい心とがもつれ合い、ぼくはこの手紙を絵の裏に貼《は》りつけておくことにしました。

きのうの夜、典子の乳首をさわっているとき、ぼくは死にたくない、死にたくないと思いました。典子は、きっとしあわせになるでしょう。

五月一日　午前九時　　　　　　　　　　　義直

ボールペンでしたためられた手紙の文字は、大きかったり小さかったり、歪《ゆが》んでいたり震えていたりした。文章を書くという力をほとんど喪《うしな》い、しかも激痛の中で必死にペンを握ったことが伝わってきた。

典子は驚きよりも哀しみのほうが先に立って、もう一度ゆっくりと手紙を読み返すことが出来なかった。夫は、湾の入江に建つ逗留《とうりゅう》先のホテルで、もしかしたら自分の子かもしれない少女の面影ばかり胸に描いていたのか。付き添って看護している妻の存在は遠くにあって、ただ自分の死と、自分の子だと思えて仕方のない少女に関する世界にひたり込んでいたのか。

典子は部屋の灯を消し、ベッドサイドのスタンドの明かりをつけた。手紙には、子供がいつ生まれたのかは書かれていなかったが、おそらく夫が大学を卒業してまもなくだったであろう。典子はそう推測した。とすれば、夫が二十二歳のときだということになる。夫が生きていれば、ことし三十九歳になるのだから……。典子はそこまで考えて、もうその子は少女と呼べる年齢ではなく、十七歳の娘に成長しているのに気づいた。

典子はまだ夜の食事をとっていなかった。食欲はなかったが、何か食べなければいけないと思い、ルームサーヴィスのダイヤルを廻《まわ》し、コーン・スープとミニッツ・ステーキを註文《ちゅうもん》した。

実際、夫も書いているように、真相を知ったとて、何がどうなるものでもないし、自分にとってはまったく無関係な事柄だ。少し落ち着いてきた典子は、靴とストッキングを脱ぎ、スリッパに履《は》き代えながら、そう思った。だが、この手紙の内容を知った義母は、それで済むだろうか。この世に、ひょっとしたら自分のたったひとりの孫かもしれない十七歳の娘が生きていると知ったら、たとえ聡明《そうめい》な義母とてうろたえて、真相をつきとめようとするのではなかろうか。

典子はフロントに電話をかけ、今夜はもう眠るので、電話がかかってきてもつながないでもらいたいと頼んだ。葉山直衛は一時まで待って連絡がなかったら、自分のほうからホテルに電話をかけてくるに決まっていた。しかし、この手紙の内容は、葉山には教えるわけにはいかないのだった。彼は即刻典子の義母である甲斐リツに話すに違いなかった。

ルームサーヴィス係が、註文したものを運んできた。典子は何枚かの硬貨を、

「はい、チップ」

と言って渡した。ひとりになると、典子は浴衣《ゆかた》に着換えて、虚《うつ》ろな心で食事をとった。食事を済まして、彼女は改めて手紙を何度も読み返した。(人間としてのぼくの、捨てきれないこだわりもあるのです)。(ぼくは死を間近にして、自分の子なのかどうかを、知りたくてたまらないのです)。(たぶん、そこまでやって来た死が、ぼくを狂わせたのです。そして、死に臨《のぞ》んだぼくの勘は、きっと当たっていると思うのです)。哀しみは、亡き夫への思慕と思いやりに変わって行った。

夫は、息を引き取る二週間ほど前から、執拗《しつよう》に典子の体をさわりたがった。ときには実際に典子を抱こうと試みることもあったが、スープと野菜ジュース以外、喉《のど》を通らなくなった体は、目的を達する力を喪《うしな》っていたのである。

そんな夫が愛《いと》おしくて、典子はまるで子供の玩具《がんぐ》みたいになりながら、逆に夫をいつまでも愛撫《あいぶ》しつづけた。

「そんなとこ、さわったら、あかん……」

「俺《おれ》には火を消してやる力がないからな」

典子は首を横に振り、

「苛々《いらいら》して疲れるのは、義直のほうやから」

と囁《ささや》き、夫の痩《や》せさらばえた胸と、そこだけ膨《ふく》れあがった腹部から目をそらせ、

「私と結婚して、よかった？」

そう無邪気に、全裸にされた体をすりよせる。

「よかった」

「結婚してから、内緒で浮気したこと、ある？」

「ないよ。神仏に誓って、ない」

「ほんとやろか。朝帰りが五回あったわ」

夫は笑い、典子の乳首を指でつまみながら、

「よう覚えとうなァ。そうか、俺は五回、朝帰りしたか？」

「うん、五回よ。ちゃんと覚えとうもん」

「友だちと飲み明かしたり、麻雀をしたり……。それで朝帰りしたことはあるけど、浮気はしてへん」

そんな追憶の中で、典子は声をあげて泣いた。そして夫の手紙の最後の部分を、繰り返し繰り返し読んだ。（きのうの夜、典子の乳首をさわっているとき、ぼくは死にたくない、死にたくないと思いました。典子は、きっとしあわせになるでしょう）。

典子は、死んで四年もたつ夫に、逢《あ》いたくてたまらなくなり、スタンドランプだけしか灯っていないホテルの部屋を行ったり来たりした。三十五歳の夫は、目前の死を、いかなる心で見ていたのであろう。いかなる心で、若い未亡人となる妻の裸体を、撫《な》でたりさすったりしていたのであろう。

気持はたかぶるばかりで眠れそうになかった。典子は、バスルームに入り、シャワーキャップをかぶると、熱めの湯を浴びた。そうしているうちに、思いもかけない衝動が、典子の中で生じたのである。夫の子を見てみたい、と。

彼女はバスルームを出て、冷蔵庫からコニャックのミニチュア壜《びん》を出した。それを

グラスに注《つ》ぎ、一息にあおった。ソファにぐったりと坐《すわ》り、きっと夫の勘は当たっていると考えた。末期の心は、不可思議な透視力を持っていたのであろう。手紙には書かなかったが、死に臨《のぞ》んだ夫の勘は、あるいは何らかの具体的な証拠に裏づけられていたのかもしれない。そんな気がしてきたのだった。典子はコニャックの小さな壜を もう一本取り出し、少し湯で割って、こんどは少しずつ飲んだ。急激に酔いが廻《まわ》ってきた。彼女は、ナイトクリームだけ塗って、ベッドに入り、初めて、元気だったときの夫がしたように、自分の指を動かした。

翌朝、十時過ぎに目を醒《さ》ました典子は、加賀勝郎の自宅に電話をかけた。

「葉山さん、何度もホテルに電話をかけてました」

と加賀は言った。

「びっくりするような手紙やったの」

加賀は電話口で黙っていた。典子は、手紙の（ぼくは、さんざん迷ったあげく）から（ぼくはこの手紙を絵の裏に貼りつけておくことにしました）までを、読んで聞かせた。加賀も驚いた様子で、声をひそめ、

「義直さんの子供、ですか？」

と言った。

「だけど、いまさらどうなるんです？　だいいち、女にも、どっちが父親なのか判らんわけでしょう？」

「そう、それが判ったからって、何がどうなる問題やないわ」

「何がどうなるどころか、その女性も、子供も、それにご亭主も、みんな傷を受けますよ。まさか、調べようっていうんじゃないでしょうね。そんな非常識なことをなさる方だとは、勿論《もちろん》、考えてませんけど」

「そんなアホなこと、する筈《はず》がないでしょう？　ただ、何を急に慌てふためいて東京へ行ったのか、説明はせんとあかんから」

「絵の裏に、義直さんの手紙が貼ってあったなんてことは黙っとけばいいと思いますね」

と加賀は冷静な声で言った。

「そやけど、私が東京へ血相を変えて行ったことは、葉山さんはお義母《かあ》さんにきっと言うと思うの」

「もう言ってしまったでしょう」

「どんな理由を作ろうかしら」

「その絵描きが、絵を返さないと言いだした、それで典子さんは、慌てて取り返しに行った、そういうことにしたらどうです？」

「そやのに、手ぶらで帰るの？」

「何とでも口実は作れますよ」

電話を切ったあと、典子は、自分で明言した「アホなこと」をやろうとしている衝動がまだ消えていないのを知った。けれども、その衝動を正当化するために、典子は、

「十七歳の娘さんを、ちょっと見てみたいだけやわ。遠くから見るだけでもええんやから」

と言い聞かせた。

ルームサーヴィスで軽い朝食をとり、十二時前に部屋を出て、ロビーに降りた。フロントで支払いを済ませ、玄関へ行きかけると、ロビー横の広いラウンジのソファから高見雅道が立ちあがり、典子に、

「おはようございます」

と声をかけた。

「あら、ずっとそこにいらっしゃったんですか？」

「ええ」

高見はソファの横に、額入りの絵らしき大きな風呂敷《ふろしき》包みを立てかけていた。彼は、自嘲《じちょう》と照れの混じった笑いを浮かべたが、それにはどこかすさんだものがあった。

「〈白い家〉をお返しします」

そう言って、風呂敷包みを持ちあげた。

典子はラウンジへ入って行き、オレンジ・ジュースを註文すると、ソファに腰を降ろした。

「絵を返すって……、展覧会にこの絵はお使いにならないの？」

「展覧会はやめました」

くしゃくしゃになった煙草の箱をズボンのポケットから出し、曲がった煙草をくわえると、高見は言った。

「やめた？　そやけど夜中まで準備をしてたんでしょう？」

典子には、画商とのあいだで何かあったのだろうという程度の察ししかつかなかった。高見は頭を下げ、

「すみません。貸してくれって押しかけたり、急に返しに来たり、ややこしいことばかりして、ご迷惑をおかけしました」

と言った。確かに、迷惑といえば迷惑であった。高見に絵を貸さなければ、典子は夫の手紙に気づかないまま年月を経て行ったに違いなかったのである。けれども、それがはたして幸福なことなのか不幸なことなのか、いまのところ、典子には予想もたたない。ただ、気が乱され、なにやら大きな波の気配を遠くに感じてしまうだけだった。

「せっかくのチャンスやったのに、残念ね」

高見は微笑《ほほえ》んで、何か考え込んでいた。なんと優しい微笑であろうと典子は思った。

「遠い道を歩きとおす自信がないんです。それだったら、最初から旅支度なんかしないほうがいい」

高見はそう言ったが、微笑の消えた彼の目には、世を捨てた翳《かげ》はひとかけらもなく、それどころか、野心と闘志を持て余しているぎらつきが閃《ひらめ》くのだった。典子はそれを、なんと怖《こわ》い目であろうと思った。

「笑った顔と、そうでないときの顔とが、こんなにも違う人って、珍しいわね」

「ぼくのことですか？」

「ええ」

高見は少し首をかしげ、典子を見つめた。

「高見さんは、結婚なさってるんですか？」

「いえ、独身です」

「お幾つ？」

「二十七です」

「どんな画家がお好きですの？」

高見はやっと煙草に火をつけて、微笑みながら、

「なんだか面接試験みたいですね」

と言った。典子も笑い返し、

「ごめんなさい。そんなつもりやなかったんです。ただ……」

「ただ……、何ですか？」

「いえ、いいんです。私が口出しすることと違うから」

「どうぞ、おっしゃって下さい」

「才能のない人が、いくら遠くへ行こうって頑張っても無駄でしょうけど、私、高見さんには才能があるんと違うかなァって思ったもんやから」

典子は、きかんぼうな弟と話をしているような気分になっていた。

「そやから、癇癪《かんしゃく》を起こさんと展覧会をやってみたらどうなんですか」

こんどは、典子が首をかしげ、高見の顔を覗《のぞ》き込んでなだめるみたいに言った。高見は無精髭《ぶしょうひげ》を指で撫《な》で、典子を長いこと見ていたが、

「〈白い家〉を買い戻せって言われたんです。画廊の社長に。社長といっても、まだなりたてのほやほやですけど。ぼくは、それは出来ないって言いました」

そう説明した。

「それでケンカ別れ？」

「まあ、そうですね。問題は〈白い家〉のことじゃなくて、その男の商売気です」

「道楽やないんやもん。商売気があって当たり前よ」

典子は、くすっと笑った。

「何がおかしいんですか？」

「二十七歳にもなって、中学生みたいなこと言ってるから」

「でも〈白い家〉は、甲斐さんに持っていてもらいたいんです。亡くなられたご主人の手紙がキャンヴァスの裏に貼《は》ってあった。ぼくはぼくなりに、いろんなことを感じました。誰も洟もひっかけなかったあの絵を買って下さって、しかも大切な手紙の隠し場所に選ばれた。そんな絵を買い戻させてくれなんて、ぼくは口にしたくありませ

ん」

「いちおう交渉したけど、あっさり断られたって言えばいいでしょう？　取りつく島もなかったって。その画廊主に、そう言って、予定どおり個展をひらいたらええと思うな」

典子は強引に高見を促《うなが》して、公衆電話のところに連れて行った。

「どうしろって言うんです？」

「画廊主に電話をかけて、謝るのよ。個展をひらかせて下さいって」

高見は、いつまでもためらっていた。受話機を無理矢理持たせ、典子は十円玉を入れて、五、六歩さがった。高見がダイヤルを廻《まわ》すのを見届け、ラウンジに戻って、オレンジ・ジュースを飲んだ。電話を終えた高見は不機嫌な顔つきで典子の横に立ち、風呂敷包みをかかえて、

「一人前の絵描き面するな。馬鹿野郎って怒鳴られました」

と言った。

「個展は？」

「やります」

「よかったわね」

そのまま画廊に戻るつもりだったらしかったが、高見は、

「えらそうな言い方はやめて下さい」

そう言ってソファに坐《すわ》り、

「どうしてぼくは、あなたの指図どおりにしなきゃいけないんですか」

と怒りの目を向けた。

「そやけど、私の指図どおりにしたんでしょう？」

「そりゃあ、まあ、しましたけど……」

典子は小さく笑って高見を見つめ返したが、そのとき、思いもかけない言葉が自然に口をついて出たのである。

「ねェ、個展が済んだら、私のために絵を描いて下さらない？　五十号か六十号ぐらいの。画廊を通さずに、私と高見さんとのあいだでの取引にしたらええでしょう？」

高見の、画廊での値は一号が三万円だったが、もし自分がその絵を気に入れば、もっと高く買ってあげてもいい。典子はそう思ったのだった。高見はしばらく考えていたが、眼の光りには次第に精気が満ちてきた。彼は返事をしないまま、学生時代にリュックサックを背負ってスペインやフランスを旅行した際の出来事を話し始めた。スペインのバルセロナで水に当たり、三日間、下痢と高熱に苦しんだこと。ガウディが

設計した〈聖家族の家〉はやはり素晴らしかったこと……。

「列車で、やっとの思いでマドリッドに着いたんです。熱がひいて三日たってましたけど、とにかく貧乏旅行だったもんで、ろくなものを食べていませんでした。列車は朝の四時過ぎに着いて、ぼくはその足でプラド美術館へ行きました。美術館の傍の木陰で開館まで眠ろうと思ったんです。だけど目が醒《さ》めたら、昼近くになってました。ぼくはプラド美術館で観《み》たい絵はひとつだけでした。ボッシュの〈愉楽の園〉です。ご存知ですか？　ヒエロニームス・ボッシュ。スペインではエル・ボスコって呼ばれてる十五世紀から十六世紀の画家です」

典子は何かの画集で観たような気もしたが、そっと首を横に振った。高見はつづけた。

「ぼくは、その絵の前で何時間立ってたのか判りません。なにか夢を見てるみたいな気持でした。ぼくはそのとき、何がリアリズムで、何がアブストラクトなのか、判ったような気になったんです。すぐれた抽象性というものは、細部の緻密《ちみつ》なリアリズムが核になってるって。そういうリアリズムのうえに立って発散してくるものは、もう口では説明出来ない不思議な雰囲気であり、妖《あや》しい世界であり、陶酔の一瞬です。ぼくはそのとき二十一歳で、怖《こわ》いもの知らずでしたから、自分が……」

ふいに高見は話をやめ、照れ臭そうに笑った。そして、

「すみません。自分勝手に余計な話をして。嬉《うれ》しかったもんですから」

と言った。

「嬉しかったって？」

「ぼくは、自分の絵を註文されたことなんて、初めてです。だから、ちょっと興奮したんでしょう」

「描いて下さいますの？　まだ返事をいただいてませんのよ」

典子は自分までが嬉しくなってきて、いっそう子供扱いするみたいな口調で訊《き》いた。

「ありがとうございます」

高見は立ちあがって、深くお辞儀をした。彼は、典子が何度も辞退したにもかかわらず、東京駅のプラットホームまで見送り、列車が動きだしても、風呂敷包みをかかえたまま立っていた。プラットホームは暑く、高見の額に少し垂れている髪が濡《ぬ》れ、こめかみから顎《あご》にかけて、汗が伝わっていた。

夏の坂

八月に入ってから、典子は、昼食兼用の食事をとる前、アヴィニョンから不動坂を降り、北野坂に曲がって山手幹線の手前まで行き、思いきり足を上げて速歩で二往復することを日課にした。そのために買ったピンクのスウェット・スーツの襟《えり》や背の部分は汗で黒ずみ、烈《はげ》しい息遣《いきづか》いがおさまるまで、随分時間がかかった。道行く人の中には、そんな典子を奇異な目で見つめる者もいた。厚手の木綿《もめん》のスウェット・スーツは、べつに急な坂の昇り降りなどしなくても、真夏の太陽の下では、着ているだけで汗を噴き出させる代物《しろもの》だったのである。しかし典子の目的は、体を動かしてたくさん汗をかくことにあった。そしてそれは健康のためだけでなく、自分の中にこもっている幾つかの鬱屈《うっくつ》を絞り出そうとする欲求が大部分を占めていたのだった。

水野と松木かづ子とが、週に一度、それも休店日の日曜日ではなく火曜日の午後に、甲子園の近くのホテルへ入り、約二時間後に出て来ることを知ったのは、七月の下旬である。松木かづ子の夫である松木精兵衛も、得意客をしばしばアヴィニョンで接待するし、ときには若い女秘書を伴って、個人的に料理を楽しみに来るときもあった。ＪＥＢの会も大切だったが、松木精兵衛という上客は、アヴィニョンにとってはもっと大事だったのである。それで、典子は興信所に依頼して、水野敏弘と松木かづ子との関係を調べざるを得なくなった。典子は、水野を辞《や》めさせることにこだわりを持ち、興信所の調査結果を知っている加賀勝郎に、当分のあいだ知らぬふりをしておくよう頼んだ。出来れば穏便に、賢く、双方共に傷つかないように解決したかったのである。人柄の良い水野の妻と三人の子供たちの容姿が、典子の胸にこびりついていた。

その水野と松木夫人との関係が判明したのとほとんど時をおなじくして、リード・ブラウンの体調が悪くなった。以前から軽い肺気腫《はいきしゅ》の持病があったのだが、それが悪化し、夜中に呼吸困難におちいり救急車で入院した。耳ざとく知った不動産屋が、ブラウン商会を売らないかともちかけ、リード・ブラウンの息子は乗り気になっていた。リードが近くからいなくなれば、自分はこの界隈《かいわい》でひとりぼっちになってしまう。典子はその寂しさを思うと弱気になり、アヴィニョンを誰かにまかせて、実家へ帰ってしまおうかと考えたりするのだった。

油蟬《あぶらぜみ》が鳴き始めた。典子は汗まみれのスウェット・スーツを洗濯機に放り込み、シャワーを浴びた。風がカーテンを揺らしている。ぎらつく海の上には蜃気楼《しんきろう》が出来、それは巨大なクレーンとも人間ともつかない幻を作っていた。典子は裸のまま、目が痛くなるまで蜃気楼を眺め、それからドレッサーの前に坐《すわ》ると洗った髪をドライヤーで乾かした。

自分も何かひとつ生きる目的を持ちたい。典子はここ数日、鬱屈《うっくつ》した心の片隅でうごめいているものを見つめた。ただ生きるということが生まれてきた目的ではない。アヴィニョンの経営者としての自信が芽ばえたころから、典子はそのような考えを持ち始めたのだが、具体的な希求には至っていなかった。そして、典子における（生きる目的）とは、店を拡張させようとか、東京へ進出しようとかの事業欲ではなかったし、何かの趣味に没頭し、やがて趣味を超《こ》えて玄人《くろうと》の域に達しようという類《たぐい》のものでもなかった。

典子は、よく冷えた辛口の白ワインをグラスに注いで、香りを嗅《か》いだ。半分ほど飲んで、体に巻きつけてあるバスタオルを取り、パジャマに着換えると、ベッドの上で横坐《よこずわ》りして壁に凭《もた》れた。ベッドサイドにあるフランス製の古い小さなテーブルにワインの壜《びん》を置き、グラスを持ったまま一冊の画集を膝《ひざ》に載せて、ページをくった。それは、図書館でみつけた画集と同じものを、本屋に註文して取り寄せてもらったのである。典子は借り出せると思っていたのだが、画集の背表紙に（禁帯出）のシールが貼《は》ってあったのだった。わざわざ買わなくても、図書館で観《み》ればそれでいいと思っていたのだが、高見雅道が、スペインのマドリッドにあるプラド美術館で、何時間も時を忘れて眺め入ったというヒエロニームス・ボッシュの〈愉楽の園〉は、典子の想像とはまるで違っていた。あの〈白い家〉には、ボッシュの〈愉楽の園〉の技法とか思想とかは微塵《みじん》も反映されていないばかりか、かえって徹底的に敵対し合おうとする意志を感じたのである。

〈愉楽の園〉には、数限りない全裸の人間がいた。ある者たちは池の傍で馬や牛や豚や熊に乗っている。ある者たちは、魚を呑《の》み込みかけた鯨をかついでいる。さまざまな鳥がいて、人間をついばもうとしている。池の中には奇怪な建物のようなものがあり、空には赤い玉を両腕にかかえたり、ハープを弾いたり、魚をつかまえて飛びあがりつつある羽根のついた人間が舞っている。猫もいる。白いキリンがいる。孔雀《くじやく》がいる。人間を食べている昆虫がいる。巨大な動物の骸骨《がいこつ》を住まいにして、その中で怯《おび》えている人間や人間以外のものが、切り取られた二つの耳の下にいる。邪淫《じやいん》に興じる男たちの横で、人間を食べる黒い貝がいる。生き物の内臓に似た花が美しい泉のほとりで咲いている……。

それは、典子の感性の範疇《はんちゅう》では醜悪としか受け取りようのない光景であった。けれども、なぜか観る者の目を凝《こ》らさせる磁力をいたるところから放っていたのである。もし、高見の話を聞かなくとも、典子はやはり〈愉楽の園〉の細部を追いつづけたであろうと思った。

夏の昼下り、ワインで仄《ほの》かに酔った典子は、神戸の高台に建つアヴィニョンの二階にそよぎくる風になぶられて、未知の愉楽に身をゆだねたかった。

ああ、このボッシュの〈愉楽の園〉は、おつにすました私の性器とその内部のようだ。典子はぶあつくて重い画集を閉じ、二杯目の白ワインをついで、ベッドに寝そべった。グラスに生じた水玉を指の先でほんの少し撫《な》でた。すると水玉はひとすじのしたたりを作って、たらたらと伝い降りた。典子は二杯目をあまり間隔をおかず三口で飲み干した。もっと飲みたくなったが、それ以上飲むと寝起きが不快になり、店をあけたあとの、客に対するあらゆる所作が緩慢になる。目の光、笑顔、声、喋《しゃべ》り方、歩き方、それらに覇気《はき》がなくなって、そのくせ夜中に目が冴《さ》えてしまい、もっと強い酒が必要になる。

典子は寝そべったまま、壁に掛けてあるカレンダーに目をやった。約束どおり、個展を終えた翌日〈白い家〉を返しに来た高見は、典子が依頼した絵を十月の半ばまでに完成させると言った。

「六十号にします。出来あがったら、お電話をしてからお持ちします。たぶん十月の半ばぐらいになると思います」

そう言った際の、高見の表情が浮かんだ。

「個展はいかがでしたの？　絵は売れました？」

「二十点展示して、六号のが二つ売れました」

「たった二つ？　そしたら画廊の経営者は赤字でしょう？」

「赤字の上に大が付きますね」

「そしたら、その画廊の経営者は、もう高見さんの絵から手を引くんですか？」

「さあ、どうでしょうか。彼も余った金で道楽をやってるわけじゃありませんから、ぼくと心中は出来んでしょう」

「そやけど、初めての個展で、それもぜんぜん名前の知られてない絵描きさんの絵が二つ売れるってことは喜んでいいことなんでしょう？」

「ええ、ぼくは喜んでます。買ってくれた人は、ぼくの友だちでも何でもない、たまたま通りすがりに画廊を覗《のぞ》いた人ですから」

「お仕事は、夜遅いんですか？」

「小さなデザインスタジオですから、忙しいときは徹夜をすることもあります」

「会社では、どんなお仕事をなさってるんですか？」

「いちおう、イラストレーターってことになってますが、版下《はんした》に写植の文字を貼《は》ったり、広告代理店に仕事を廻《まわ》してもらうために営業マンとして歩くときもあります」

高見との会話を思い出しながら、典子は目をつむった。もし、高見の絵が気に入らなかったらどうしようかと思った。しかし、気に入らなければ買わないという条件はつけていない。それに気づいて、典子は気がらくになった。典子は、高見が描いた六十号の絵が、たとえどんなにつまらないものでも、ちゃんと現金で買い取ってやりたかったのである。典子は起きあがり、机の引き出しを捜し、高見の名刺を持つと、部屋を出た。九月の末までに絵を完成させてもらいたい。そう言って急がせようと思ったのである。

調理場の奥にある電話のダイヤルを廻《まわ》し始めたとき、典子は、早く絵を見たいのではなく、高見と話をしたいのだということに気づき、受話機を元に戻した。自分はいったいどうしたというのだろう。典子は恥ずかしくなって、部屋に戻った。酔った心が愉楽という言葉と結びついて、危ないほら穴に走りかけたのだと考えた。高見に好感を持っていたが、それは人間としてであって、異性としてではない。彼女はそう言い聞かせ、ベッドにうつぶせた。しばらくシーツに片頬《かたほお》をすりつけて、爪《つめ》を見ていた。そのうち、九月の末までに絵が欲しくなってきた。十月の半ばまで待てないのだから、典子は本当に、その由を高見に伝えるのは当たり前の行為だ。彼女は寝返りをうってあお向けになり、細長いブナの木を張りつめてある天井の一角に視線を投じた。

ぐっすりと昼寝をするためにワインを飲むのだから、何も考えず目を閉じる癖をつけなければいけない。それなのに、最近の自分ときたら、ワインを飲むための昼寝であり、むずがゆい物思いのためのワインであり、さらにもうひとつ、ワインのための坂道の昇り降りまでが加わった。こんどは、体を動かして汗をかくために何を考えつくだろう。典子は、ひとり芝居をして、くすっと笑った。上手に笑えなかったので、おなじことを四、五回繰り返した。また高見の言葉が脳裏に甦《よみがえ》った。ホテルのラウンジで、含羞《がんしゅう》と精気が同居した表情をまっすぐ典子に向けて話した言葉を。

(列車は朝の四時過ぎに着いて、ぼくはその足でプラド美術館へ行きました。美術館の傍の木陰で開館まで眠ろうと思ったんです)。

(ぼくはプラド美術館で観《み》たい絵はひとつだけでした。ボッシュの〈愉楽の園〉です）。

（ぼくは、その絵の前で何時間立ってたのか判りません。なにか夢を見てるみたいな気持でした。ぼくはそのとき、何がリアリズムで、何がアブストラクトなのか、判ったような気になったんです。すぐれた抽象性というものは、細部の緻密《ちみつ》なリアリズムが核になってるって）。

典子はスペインへ行ったことはなかった。けれども、悪い水に当たって下痢と高熱で三日間苦しんだ跡を、陽《ひ》に灼《や》けた顔や足どりに漂《ただよ》わせた高見が、マドリッドの街を歩いている姿は、鮮明に心の中で創《つく》り出せるのであった。その高見が、リュックサックを背負ってプラド美術館に入って行く光景も、ボッシュの〈愉楽の園〉の前で立ちつくしているうしろ姿も……。

典子は、高見に電話をかけようとして起きあがりかけるのだが、そのたびに、みぞおちのあたりが熱くなったり冷たくなったりした。

「予定よりも半月早よう完成させてほしいって要求するのは、絵を註文した私の当然の権利やわ」

典子はまるで腹を立てているみたいな口調でひとりごちると、とうとうベッドから起きあがった。そして、ドレッサーに自分の顔を映した。

その枠も台もマホガニーの、何の装飾もされていない長方形のドレッサーには、引き出しがなかった。そのために、典子は近くの骨董品店《こっとうひん》で、色も素材も酷似した小造りな箪笥《たんす》をみつけて買い求め、ドレッサーをその上に載せた。箪笥には三つしか引き出しがなかった。化粧道具を一番上の引き出しに入れ、真ん中の引き出しには装身具をしまい、三段目には下着類を納めて、窓と窓とのあいだに置いたのである。両脇《りょうわき》の、観音開きの窓から差し込む光は、どんな時刻でも典子の顔を直接照らさない。窓は西向きだったが、少し離れたところに建っている「うろこの家」の三角屋根や、何本かのくすのきの巨木が、昼から夕暮れまでベールをかぶせてくれるからだった。典子は、その場所で鏡に映る自分の顔が一番美しいと思っている。

電話には無愛想な若い女が出て来た。高見の声が聞こえるまで二分近くかかった。そのあいだ、デザインスタジオの喧噪《けんそう》が響いていた。

「おい、このポジ、甘いじゃねエか。これでもカメラマンでございって金を取る気かよオ」

「凸版《とっぱん》、いつになったら届くんだ。もうあの製版屋には仕事をさせねェからな」

そんな怒鳴り声に混じって、乱暴にドアをあけたりしめたりする音も聞こえた。格別忙しい時分に電話をかけたのではなかろうかと思い、典子が電話を切ろうかどうか迷い始めたころ、高見の声がした。

「すみません。お待たせしちゃって」

高見の声には元気がなかった。

「いいえ。私こそ、お忙しいときに電話なんかかけて申し訳ありません」

自分の希望を、幾分うろたえぎみに典子は伝えた。

「九月の末までにですか。どうしてです？」

そう訊《き》かれて、典子は咄嗟《とっさ》に理由を思いつかなかった。だから、慌てて正直に答えた。

「早く絵を観《み》たいもんやから……」

「ぼくも気は焦《あせ》ってますよ。いつも夜中の三時か四時ごろまでキャンヴァスを睨《にら》んでるんです」

「すみません」

「ぼくは、一所懸命です」

「はい」

「もう何十枚もスケッチを描きました」

「はい。べつに十月の半ばでもいいんです」

すると高見雅道は、

「どうなさったんです？　なんだか元気がありませんね」

と声を落とした。

「いいえ。元気ですわ。元気がないのは高見さんのほうみたい」

「寝不足で、道が真っすぐ歩けないんですよ。でも、平気です」

「私が絵を頼んだりしたからですの？」

高見は口ごもり、ややあって、

「じゃあ、もう描かなくてもいい、なんて言わないで下さい。お気を悪くされたのなら謝ります」

と言った。

東京のホテルのラウンジで、高見を子供扱いし、つまらないいさかいで個展をやめたりしてはいけないとさとしたときの典子と、いまの典子とが、まるで別人のようであるのを、彼女は自身でも不思議な気がした。十歳も歳下の名もない絵描きに六十号の絵を註文し、たとえそれが気に入らなくてもランクよりも高値で、さらには現金で買ってやろうという自分が、なぜこんなにもおどおどしなくてはいけないのか。ああ、やはり電話なんかかけなければよかった。典子は、そう後悔し、早く電話を切ろ

か？」
「進み具合を、ときどきご報告します。お仕事はだいたい何時ぐらいに終わられます
うと思った。

高見は訊《き》いた
「夜の一時過ぎになります。三時ぐらいまでは起きてます」

と典子は答えた。

「そんな夜遅くに、電話をおかけしてもかまいませんか？」

典子は店のではなく、調理場にある電話の番号を教えた。教えながら、典子以外誰もいない調理場を見廻《みまわ》し、

「出来たら二時ごろが一番都合がいいんです」

と言った。シェフの加賀や見習いコックも、そのころには確実に帰ってしまうのである。

「判りました。そしたらとりあえず、今晩お電話します」

高見は早口で言って電話を切った。仕事が一段落したとき、いつも加賀が腰かけて一服する木の丸椅子《まるいす》がスパイス棚の下にあった。典子はそこに坐《すわ》り、なんと物欲しそうな電話をかけてしまったことだろうと思った。店の電話を使えばいいではないか。

高見雅道に絵を依頼したことは、葉山にも加賀にも言ってあった。だから、高見が絵の進行具合を報告してくるのは、べつに不自然ではない。まして、夜中の二時といえば、アヴィニョンには典子しかいないのである。電話帳に載《の》っていない調理場の電話番号を教える必要はないのだった。そして典子は、高見が、進み具合をときどき報告する、仕事は何時ごろ終わるのかと訊いた瞬間、調理場の電話を切り換え式にして、自分の部屋に電話機をつけようと考えたのである。

典子はよく整頓《せいとん》された調理場の壁に掛けてある予定表に目をやった。そこには、向こう一ヵ月間の予約客とか、手に入りにくい材料を必要とする料理をメニューに加える日とかが書き込まれている。その予定表の、八月十日から二十日までは空白になっていた。アヴィニョンの開店以来、いつのまにか決して変更しない慣例のようになってしまった夏期休暇だった。

「あさってから、お休みやわ」

葉山は釣り仲間と南紀へ行くと言っていたし、加賀は家族を連れて、上高地《かみこうち》でのんびりしてくる予定だった。典子は、王子動物園の西側を山手に昇ったところにある実家へ帰り、両親や兄夫婦のもとでゆっくりするつもりでいた。岡本に住む義母も、そうするよう勧めてくれていたのだった。

ベッドに横たわっても、もう眠れないことは判っていたが、典子は気持を鎮《しず》めるために部屋へ戻った。そしてベッドに寝そべり、タオルケットを胸のあたりまでかぶった。

兄が婚約し、そのお祝いに、両親と兄、それに兄の婚約者とアヴィニョンで食事をした夜のことを思い浮かべた。何年か先に、そのフランス料理店の女主人になるなどとは想像もしていなかった。夢にも思ったりしないことが、この人生には幾つも待ち受けている。やがて自分が、アヴィニョンから去る日が来るかもしれないし、年老いるまで、この孤独で居心地のいい部屋で、幸福であったり不幸であったり、陽気であったり憂鬱《ゆううつ》であったりする午後のまどろみがつづくかもしれない。典子はぼんやりと将来に思いをはせ、そのどちらをも寂しいと感じた。

眠るつもりで酒を飲み、とうとう眠れなかったあとの不快感を隠して、典子は、加賀と見習いコックたちがやって来ると同時に服を着換え、化粧をした。階段を昇って来る足音が聞こえ、加賀が典子の部屋の手前で、

「おうい、デザートチーズを早く届けるよう電話しとけよ」

と見習いコックの誰かに大声で言った。それは、加賀が典子に内密の相談事がある場合によくやる手口で、彼は自分が典子の部屋へ行ったことをわざと他の者たちに気

づかせようと神経を使っているのである。

典子は部屋から出た。加賀は廊下で腕組みをし、

「厄介なことになりました」

と言った。

「厄介なことって？」

「いま玄関に、松木さんの会社の人が立ってます。ご主人とちょっとお話がしたいって言うてるんですよ。女の秘書とは違います。総務部長さんです」

典子はいやな予感がした。

「水野と松木夫人との件でしょうね」

と加賀は言った。

「そやけど、松木精兵衛さんの片腕が、わざわざお越しになるなんておかしいわね。うちの店の従業員と社長夫人とのことが判っても、恥をかくのは向こうのほうよ」

とにかく、逢《あ》うしかあるまい。典子はそう判断して、階段を降り、店の玄関をあけた。首の汗をハンカチで拭《ふ》きながら、すでに六十歳に近いというのに、脂《あぶら》ぎった精悍《せいかん》な顔つきをした後藤栄吉が立っていた。肩書きは総務部長であったが、艶福家《えんぷくか》の松木精兵衛のいわば尻《しり》ぬぐいをつとめ、重役よりも力をもつ男だった。

「お忙しいところを恐縮です」

後藤はにこやかに言った。

「どうぞ、中にお入り下さい」

典子もにこやかに応じた。

「近くの喫茶店で冷たいものでも」

後藤は言って、典子がまだ返事をしないうちに歩きだした。

ブラウン商会のガラス戸には、内側からカーテンが閉じられ、二階の、リードの寝室の窓もしめられたままだった。典子は蟬《せみ》しぐれの中で、ちらっと木造の建物を見あげた。

「私どもの店によくお越しになる方が、このブラウン商会の土地を欲しがってましてね。しかし、あの外人さん、頑《がん》として首を縦に振らんそうです。息子さん夫婦は、この古い建物と土地を整理して、新しい店を三ノ宮のセンター街に持ちたいらしいんですがね」

と後藤栄吉は言った。

「ブラウン商会を買って、何をなさるおつもりなんでしょう」

典子はさりげなく訊《き》いてみた。

「ステーキ・ハウスらしいですね。私も詳しいことは知りませんが」

後藤は、ペルシャ美術館の近くに最近出来たばかりの喫茶店があった。

「ほんの二、三分ほど」

と言って、ドアをあけた。

北野町界隈《かいわい》の絵地図を持った女子大生らしい客たちでほぼ満員だった。珈琲《コーヒー》を註文し、それが運ばれてくるまで後藤は口を開かなかった。典子はただならぬものを感じたが、あくまでも知らぬ振りをとおして、自分も黙っていた。珈琲が運ばれて、ウェイトレスが去ると、

「後藤さんがわざわざお越しになるなんて……。何か大事件みたいですわね」

そう口火をきった。場数を踏んできた男特有の微笑と威圧が、後藤の顔に浮かんだ。

「アヴィニョンさんも、たちの悪い男を雇ったもんですな」

「私の店の者が、何か失礼なことでも？」

「根も葉もない作り話で、うちの社長を恐喝《きょうかつ》してるんですよ」

「恐喝？」

「ええ、立派な犯罪行為ですな。私どもとしては、すぐにも恐喝罪として訴えること

は出来ますが、アヴィニョンさんとは長いお付き合いですので、いちおうそちらとご相談してからと思いまして」

典子は、恐喝という言葉を耳にしたとき、てっきり水野が、松木夫人とのことをネタに松木精兵衛から金をゆすろうとしたのかと思った。けれども、そうではなかった。

「秋津修一というウェイターが、三日前、会社に来ましてね。おたくの水野という男とうちの社長の奥さんが、深い関係にあるなんて馬鹿げた話をでっちあげて、金をゆすったわけです。それで、念のために当方としても真偽のほどを調べました。調べるまでもないんですが。ところが調べてみて、びっくりしましたよ。その秋津と水野はぐるでして、水野は、社長の奥さんにＪＥＢの会の料理部門のアドヴァイザーにさせてくれと頼み込んで近づき、甲子園のラブ・ホテルに無理矢理連れ込んだんです。勿論《もちろん》、社長の奥さんは怒りました。しかし、やつらは、ホテルから出て来る瞬間を写真に撮《と》ればそれでよかったんです。力ずくで夫人に乱暴してしまうほどのワルじゃない」

後藤は背広の内ポケットから、三枚の写真を出した。

興信所の調査員が撮影したものよりも不鮮明で、写す角度も違っているが、まぎれもなく松木かづ子であることを捉《とら》えている写真を見ながら、どう対処すべきかを典子は考えた。秋津修一は水野よりも若かったが、三人のウェイターの中では勤続年数が最も長く、しかも葉山直衛の親戚《しんせき》だったのである。

典子は用心しながらも、後藤の言葉を聞いている最中に浮かんだ疑問を口にした。

「秋津が松木宝飾店さまにこの写真を持って出向いたのは三日前だとおっしゃいましたわね」

「そうです。三日前の昼ごろでしたな」

「たった三日間で、秋津と水野が仲間やったってことを、どうやって突きとめられたんですか？」

「うちも貴金属なんかを扱ってますと、ときには詐欺師が舞い込んできますもんで、専任の調査員を置いとります」

「その調査員の方は、秋津と水野とが、どこかでおちあって内緒の相談事をしてるところでもご覧になったんでしょうか」

「ええ。オリエンタル・ホテルのロビーで」

「いつでしょう」

「きのうの三時前です。ふたりは、そのあと一緒に、あなたの店に出勤しました」

「判りました。私のほうでも詳しく調べます。どっちにいたしましても、秋津が松木さんをゆすったのでしたら、すぐにでも辞《や》めさせます。ですけど、それ以上の責任はアヴィニョンにはございません。水野と奥さまとの件も、それはふたりの問題でございますから」

後藤の表情が険しくなった。

「随分無責任なおっしゃりようですな」

「私にも、私の店にも、何の責任もございませんわ。私がうしろで糸を引いているのならともかく、水野と松木さまの奥さまは、もう子供じゃございませんもの」

典子は、暗に事実を承知していることをほのめかした。

「しかし、アヴィニョンの従業員が策略を使って客を恐喝《きょうかつ》したとなれば、女性の客は怖《こわ》がって足を運ばなくなるでしょう。大きなマイナスイメージや」

「もし本当に秋津と水野が共謀して、いやがる奥さまをホテルに連れ込んだのでしたら」

典子は立ちあがりかけ、少し微笑《ほほえ》むと、椅子《いす》に坐《すわ》りなおした。

「無理矢理、ホテルに連れ込まれかけて、そのまま何事もなく出て来たって、奥さまはおっしゃったんですか？」

後藤もすごみをきかせて微笑み返し、

「ええ。お気の毒に。それ以来、家に閉じこもったままですよ」

と答えた。

「どうぞ秋津を恐喝罪で警察に訴えて下さい。そしたら何もかもはっきりするでしょうから。私の店に傷がついたとしたら、それは私の不徳の致すところですので、仕方がありません」

代金を払って喫茶店を出るとき、典子は後藤に軽く頭を下げた。腋《わき》の下から腕の内側へと汗が伝い流れた。

帰る道すがら、典子は何度も足音が気になって振り返った。後藤が追ってくる筈《はず》のないことは判っていたが、不吉なものが忍び寄っている予感にかられたのである。水野の妻子に同情して、事を穏便に片づけるわけにはいかなくなった。典子は、ブラウン商会の前で歩調をゆるめ、そう思った。

店に帰り着くと、三人のウェイターは、いつもと変わらない口調で挨拶《あいさつ》をし、掃除の手をとめないまま、きのうのプロ野球の話を始めた。加賀にそっと目配せをし、典子は二階にあがると、自分の部屋に加賀を招き入れた。それは、初めてのことであった。加賀は前掛けで手を拭《ふ》きながら、怪訝《けげん》な顔つきで典子を見やり、

「よろしいんですか？」

と訊《き》いた。典子は頷《うなず》き、ドレッサーの前に置いてある椅子《いす》を勧め、自分はベッドに腰をおろした。そして、後藤の話の内容を伝えた。

「秋津が？」

「ひょっとしたら、後藤さんの言うとおり、秋津と水野が結託してるってことも考えられるわね」

「しかし秋津は、松木宝飾店をおどすほど馬鹿じゃありませんよ。そんなことしても、一銭にもならないどころか、自分の身が危ない。私が秋津だったら、松木夫人を個人的にゆすりますねェ。そのほうがはるかに効果がある。なんだか、きな臭いなァ」

「きな臭いって？」

「裏に筋書きがあるんじゃないですかねェ」

「どんな筋書き？」

加賀はうつむいて顎《あご》の肉をしきりにつまみつづけた。葉山が来る前に、秋津と話をしよう。典子はそう決めた。

「秋津を呼んでちょうだい」

言ってから、この自分の部屋で話をするのはいやだと思い直し、二十人前後の団体客のために作った部屋の奥で秋津修一を待った。

加賀に耳打ちされた秋津が、色白で顎の細い顔をのぞかせ、

「お呼びですか？」

と訊いた。典子は隣の椅子に坐《すわ》るように促し、

「さっき、松木宝飾店の後藤さんが来はったわ」

そう言って、秋津の表情に視線を注いだ。

「松木さんをゆすったそうね」

「べつにゆすったんとは違います。事実を教えてあげたんです」

どこにも卑屈さがないばかりか、昂然《こうぜん》とさえしていたので、典子は加賀の言った(裏の筋書き)に信憑《しんぴょう》性を感じ始めた。典子の知っている秋津修一は、適当に息を抜くことはうまかったが、無口で、童話を書くのが唯一《ゆいいつ》の趣味の繊細な青年だったのである。

「何のために、わざわざ松木さんの会社に出向いて、お客さまのプライバシーをつついたりしたの？　あなたには関係ないことでしょう。きょう限り、辞《や》めてもらいます」

典子は毅然《きぜん》と言って、調理場へ戻った。

まったく動揺の色も見せず、秋津は制服を脱ぎ、Tシャツに着換えると、アヴィニョンから出て行った。月桂樹の香りと湯気に満ちた調理場で一息つき、冷たい水を飲むと、典子は水野を呼び、再び別室に招き入れた。

「私、出来たらこのまま知らん振りをして、あなたと松木さんのことが自然に終わるのを待ちたかったの。そやけど、そういうわけにはいけへんようになったわ」

水野は顔をしかめ、無言でテーブルに目を落としていた。

「松木さんのご主人に知れた以上、水野さんにこの店で働いてもらうわけにはいかへんの」

「このへんでやめよう。深入りしてしまったらいかん。そう思ってた矢先に、秋津におどされました。アヴィニョンで働きつづけたかったら、ちょっと俺《おれ》に協力しろって言われまして、ホテルに入る日と時間を教えたんです」

やっと口を開いた水野は、申し訳ありませんと頭を下げた。

「魔がさしたんですね。ホテルへ行くたびに十万円もらいました。情けない男です。結婚してからも、ときどき女遊びはしましたが、自分が金で買われたのは初めてですよ」

月に四回関係を持ったとしても四十万円か。典子は自分が支払っている給料の額を考え、水野にとっては大きな魅力であったろうと思った。

「私、水野さんには、ずっとこの店にいてもらいたかったの。そやけど、秋津が松木さんのご主人をゆすったとなったら、やっぱり水野さんにも辞《や》めてもらうしかないわ」

水野は驚いた顔つきで、

「ゆすった？　秋津がですか？」

と言った。

「そんなにびっくりすることはないでしょう。俺に協力しろって言われて、ホテルへ行く日や時間を教えたんやったら、彼の目的が何かも判ってた筈《はず》やないの？」

「いや、それはちょっと話が違います」

水野は身を乗り出した。

「松木精兵衛さんは、奥さんと別れたがっている。それも慰謝料を払わずに。秋津はそう言いました。あいつは後藤さんに頼まれたんです。いかにも私が松木夫人に気があるようなことを吹き込め。火遊びが好きな女だから、すぐにその気になる。作戦どおり既定事実が出来あがったら、あとは簡単だ。男とホテルから出て来るところを写真に撮《と》って、不貞を理由に離婚訴訟を起こす。うまく事が運んだら、松木精兵衛さんにかなりな礼金を貰《もら》える約束になってる。あいつは笑いながら、水野さんがこんなにまんまと引っ掛かってくれるとは思わなかった。そう言ったんですよ。私はびっくりしましたし、情けないやら悔《くや》しいやらで、秋津を殴り殺してやろうかと思いましたが、アヴィニョンで働きたかったたし、女房とごたごたを起こしたくなかったので、これが最後だと決めて、松木夫人と逢《あ》ったんです」

水野が嘘《うそ》をついているのではないことを、典子は、そのそらさない視線や苦渋の表情で知った。

いったい後藤栄吉は、ひいては松木精兵衛は、何を企んでいるのだろう。松木精兵衛が尻軽《しりがる》な若い後妻に手を焼き、松木家から放り出したいとしても、やり方がいささか複雑すぎる。典子はそう考え、水野や水野の妻子を思って、早急に辞《や》めさせなかったことを悔いた。

「でも、私はいま秋津を辞めさせたの。葉山さんに相談せえへんままに。水野さんだけ、このまま勤めつづけてもらうってわけにはいかへんわ」

「そうですね。自業自得です。このまま、おいとまさせていただきます。ご迷惑をおかけして申し訳ありませんでした」

水野は潔く立ちあがった。水野と入れ換わるように、葉山直衛が出勤した。玄関先で、帰って行く水野のうしろ姿を見送ってから、葉山は別室に坐《すわ》ったままの典子に声をかけた。

「どないしたんです？」

事のいきさつを説明されて、葉山は気色ばんだ。

「秋津修一は、私の家内の甥《おい》です。私が勧めて、アヴィニヨンで働くようになったんですよ。辞めさせる前に、ひとこと、私に相談なさるのが筋ってもんやないですか」

「相談する暇もなかったわ。秋津はどんな態度でひらきなおったと思うの？　私はこの店の主人ですから、じゃあ葉山さんと相談してからなんてこと言われへんわ」

「それなら、私も責任を取らせていただきましょう。私の親戚《しんせき》が不始末をやらかした。秋津修一をアヴィニヨンの社員にしたのはこの私ですから。先々代から長いあいだお世話になりましたが、きょうかぎりで」

どこか葉山らしくなかった。何かおかしい。典子はそう感じながらも、葉山に思いとどまってくれるよう言った。

「葉山さんの顔をつぶすような格好になったのは、私が未熟やから……。それに、秋津の問題は、葉山さんが責任を取る必要なんてどこにもないでしょう？　アヴィニョンから葉山さんがいなくなったら、私も店も困るわ」

けれども葉山は、従業員用のロッカーのあるところに行き、中の物を片づけ始めた。

「もう私を必要としなくなったんですよ。そうでなかったら、二人のウェイターを馘《くび》にするのに、私にひとことも相談しない筈《はず》はないでしょう」

彼は大きな紙袋に私物を入れ、泰然と去って行った。葉山の性格を知っている典子は、彼が岡本の義母にその場で電話もかけず、これまでの自分の苦労も口にせず、典子が跡を継いでからの心労と忠誠もひけらかさなかったことを、不思議というよりも、ある疑惑として受けとめたのである。秋津の態度といい、葉山のそれといい、予定の行動みたいに思えたのであった。そしてその前の、後藤栄吉の威圧……。

ともあれ、今夜、三人の働き手がいなくなった店をどうきりもりするか。典子は、クローク係も調理場に集めて三人が辞《や》めたことを、動揺の色を抑えて伝えた。

シェフの加賀にとっても、葉山までが辞めたのは意外だったらしく、顔を見合わせてひそひそ話を始めた若い見習いコックを目でたしなめてから、

「きょうは予約は二組だけで、そのうちの一組は六人ですね。おい、江見、お前、きょうは外で働け。秋津の制服を着て、臨時のウェイターだ」

そして、珍しく調理場を行ったり来たりしながら、

「こういう店では、葉山さんみたいな人は大事なアクセサリーですからね」

と言った。

八月は、アヴィニョンにおいてもいわば〝夏枯れ〟の状態を呈して、客の数も極端に減るのだが、その日は特に暇であった。典子は、調理場へ入るたびに、

「ありがたいのか、ありがたくないのか複雑な心境やけど、きょうはこれ以上お客さまがこないほうがいいわね」

と努めてほがらかに笑った。加賀もしょっちゅう店の様子をうかがい、

「江見のやつ、コックの服よりもウェイターの制服のほうが板についてるなァ、ウェイターを三ヵ月ほどやってみるのも、いい勉強だ」

と言った。

最後の客にデザートを出し終えたとき、典子は、いっそあしたから夏期休暇にしてしまおうかと考え、加賀に相談した。

「予約客もないことですしねェ。静岡のフランス料理店で働いてる男にあたってみましょう。女房の実家が神戸なんで、出来たら関西で働きたいって言ってましたから」

加賀がそうつぶやくと、危なげな手つきで食器を運んで来た見習いコックの江見

も、

「ぼくの友だちに、アヴィニョンで働きたがってるやつがいるんですけど」

と言った。彼は京都のある有名ホテルの名をあげ、

「経営者が変わって、働きにくうなったそうなんです。ソムリエの訓練も受けてますし、真面目《まじめ》なやつです」

「なんで、アヴィニョンで働きたがってるの？」

典子は訊《き》いた。

「神戸のアヴィニョンは有名です」

江見はそう言って、さらに何か言おうとしたが、加賀に睨《にら》まれ、慌てて口をつぐんだ。

店を閉め、クローク係も、見習いコックも帰ってしまったあと、典子はぐったりと店内の隅に腰をおろし、

「葉山さんの辞め方も、秋津の態度も、何かおかしかったわ」

そう加賀に言った。いつのまに裏口から入って来たのか、運転手の小柴がうしろに立っていた。小柴は言った。

「ちょっと気になることを思い出したんですが」

「気になることって？」

「葉山さんが、ときどき車の中で、松木精兵衛さんの娘のことを話してたんです」

典子と加賀は顔を見合わせた。松木精兵衛には三人の息子がいたが娘はいなかったのだ。

「娘？　松木さんに娘がいるの？」

典子は小柴に訊いた。

「息子が三人だけだって聞いてましたがねェ。それも、みんな世帯を持ってる……」

と加賀は首をかしげ、小柴の言葉を待っていた。

「女遊びも、けちな遊び方をすると、とんでもないことになるな。葉山さん、そんな言い方をしはりましてね。玄人《くろうと》女にはぜんぜん興味がなくて、嫁入り前の女の社員にすぐ手を出す癖が、とうとう命取りになりよったって、笑うてはりました。そのあとで、アヴィニョンはええ店やからなァ、て何回も言うたんです。あの言い方はなんとなく意味深長でしたよ」

典子は、水野と松木夫人の件や、秋津が松木宝飾店をゆすったこと、さらには葉山の辞《や》め方などを、小柴に話して聞かせた。

「ひとつにつながってるような気がしますね」

と小柴は煙草をやたらにふかしながら言った。典子にとって、頼りになるのは加賀と小柴しかいなかった。あすの夕刻、今後のことについて改めて相談しようと決め、加賀と小柴は帰って行った。典子は義母に電話をしようかと考えた。けれども、義母にしてみれば、最も信頼していた葉山直衛の不審な行動を知ることは余計な心痛を抱くだけだ。典子はそう思い直し、あした直接逢《あ》って、心配させないよう上手に話そうと考えた。

玄関や別室やクロークの明かりを消し、中央部のシャンデリアだけ灯した仄明《ほのあか》るい店内のテーブルに頬杖《ほおづえ》をついた。芯《しん》から疲れ切って、着換えたり化粧を落としたりする気力もなかった。典子は腕時計を見た。一時五十分であった。午後から始まったあわただしい出来事の合い間でも、高見の電話が今夜の二時にかかってくるという期待感は、典子のあちこちをやはり熱くさせたり冷たくさせたりしていたのである。

調理場の電話が鳴った。典子は義母からではないことを願いながら、わざとゆっくり調理場へ入って行き、受話機を取った。

「昼間は失礼しました」

と高見は言った。典子は加賀の丸椅子《まるいす》を引き寄せて坐《すわ》り、

「いえ、こちらこそ」

そう低い声で言った。そして、公衆電話なのかと訊いた。

「いいえ、アパートの電話です。ぼくだって、電話ぐらいは引いてますよ。そんな貧乏人扱いしないで下さい。でもまあ、貧乏人ですけど」

高見の声には軽い笑いが混じっていた。

「私、十月の半ばまで待たれへんて言いましたけど、訂正します。十月の半ばで結構です」

「いや、少々尻《しり》を叩《たた》いてもらったほうがいいんです。根がなまけ者だから……」

「なまけ者は、ええ仕事なんかでけへんわ。どんな仕事でも」

典子は高見ともっと話がしたかったので、アパートの電話番号を訊いた。こちらからかけ直そうと思ったのである。

「東京から神戸までの長距離電話代、高いでしょう？」

典子が言うと、高見はそれには及ばないと答えたくせに、こんどははっきり笑い声をあげつつ自分の電話番号を教えた。典子もつられて笑った。折り返し、電話すると言って受話機を置き、典子は急いで二階の自室へ駆けあがり、パジャマに着換えた。

高見のアパートの散らかり様が目に浮かぶみたいな心持ちになった。おそらく、インスタント食品が雑多に転がり、万年床が三つ折りになって部屋の隅に押しやられ、絵具が散乱し、何枚ものスケッチが壁に貼《は》ってある。そしてイーゼルと、六十号のまだ何も描かれていないキャンヴァス。さらに、安いウィスキーと吸《す》い殻《がら》で山盛りになった灰皿……。

典子はウィスキーをいつもより多めにグラスに注ぎ、ミネラルウォーターと氷を入れると、こぼさないようにして、そろそろと廊下を歩いた。それでもこぼれそうになったので、彼女は首を突き出し、コップを口で迎えてひとくち飲んだ。そんな飲み方をしたのは初めてであった。典子は立ち停まり、暗い廊下で長いことグラスの中の氷を見ていた。亡き夫が、自分の子供ではないかと思いつづけていた娘は、間違いなくそのとおりなのだ。ふいにそんな確信に捉《とら》われたのである。そしてその確信が、典子の足を前へ進ませた。

彼女は何の躊躇《ためらい》もなく、高見のアパートのダイヤルを廻《まわ》した。

「寝不足で真っすぐ歩かれへんて言うたでしょう？　ほんとなの？」

「嘘《うそ》ですよ。あのときは、周りを気にしてたんで、会社の仕事を夜中にやってるふりをしたんです」

「アパートに帰ってからも、会社のお仕事をするときがあるんですか？」

「しょっちゅうです」

「ひどい会社ね」

「小さなデザインスタジオなんて、どこもおんなじようなもんですよ」

「絵の出来あがり、もっと遅くなってもかまいません」

高見のくすっと笑う声が聞こえた。

「なんで笑ったの？」

と典子はグラスを持ったまま訊《き》いた。

「絵の話になると、急に立場が逆転するもんですから」

「逆転？」

「だって、昼の電話でもそうだったでしょう？　絵の納期をもっと早くしろっていう電話だったのに、喋《しゃべ》ってるあいだに、だんだん『はい』だとか『すみません』なんて言って、声まで小さくなるんです。そんなに遠慮しないで下さい」

典子は誰もいないのに顔を伏せ、体の向きを壁と向かい合うように変えた。

「そやけど、私が絵を註文して、余計に寝る時間が減ったのかって思ったら、申し訳なくなって、だんだん元気がなくなるの」

「描きたいものが、決まりました。題も」

と高見はあらたまった口調で言った。

「何て題？」

顔をあげて典子は訊いた。自分の目の輝きが判るような気がした。

「まだ言えません」

「あら」

「完成したら言います」

悪意のないからかいを高見はやっている。そう感じることで、典子の舌はなめらかになった。

「もったいぶって。まさか〈愉楽の園〉をもじって〈愉楽の料理店〉なんて題と違うでしょうね。いやよ。裸の男性と豚とが抱き合ってるなんて」

高見は笑い、

「あの絵の凄《すご》さは実物を見ないと判りませんよ。マドリッドのプラド美術館で。画集じゃあ、どれだけ拡大した部分でも、しょせん印刷物ですから」

と言った。

「でも不思議ね」

「不思議な絵ですね。すべての人間の内部に沈んでる園だって気がします」

「ボッシュの〈愉楽の園〉のことと違うの。高見さんの画風が、あの絵とまるで違ってるから。私、志摩の喫茶店で〈白い家〉を見たとき、死んだ主人に、モジリアニが風景画を描いたら、こんな絵になるんじゃないかって言ったのよ」

「モジリアニですか……」

高見の考え込むような声で、典子は失言だったかなと思った。

「ごめんなさい。気を悪くなさった？」

「いえ、どうしてそう思うんですか？　気を悪くなんかしてません」

「そやけど、芸術家って、誰かに似てるって言われるのが、一番いやなんでしょう？」

「ぼくは芸術家なんかじゃありませんよ。まだ卵です。いや、卵にもなっていないかもしれません」

「そしたら、一所懸命、一流の絵描きになるために走り出してみたら？」

「もう走り出しました。甲斐さんから、六十号の絵を註文されたときに」

「ほんとに走り出したの？」

「ほんとです。だから、おととい、会社に辞表を出しました。二、三ヵ月は食っていけるぐらいの貯金はありますし、そのあいだにもう少し時間に余裕のある働き口をみつけるつもりです。いまの会社は、十日付けで辞《や》めます」

あることを思わず口にしかけ、典子は慌てて別の言葉をつぶやいた。

「私の店も、あしたから夏休み……」

高見は、

「夏休みはどうなさるんです？」

と訊いた。

「実家に帰って、のんびりしようって思てたんやけど、急に三人も人が辞めたから、私は夏休みどころやないの」

なんとなく、うしろ髪をひかれるみたいな思いを抱いたまま、典子は、

「それじゃあ、このへんで。お体に気をつけて」

と言い、電話を切った。

受話機を耳に当てているあいだ中、典子は水割りのグラスを手に持ったままだったが、ひとくちも飲まなかった。そのため、氷が溶けて、典子には頃合《ころあい》の濃度になっていた。加賀の丸椅子《まるいす》に坐《すわ》って背を丸め、店内にひとつだけ灯ったシャンデリアの余光の拡がる調理場で、典子はいつもより早いピッチで水割りを飲んだ。特別、絵に興味があるというわけでもないのに、典子は、高見雅道にはきらめくような才能があると思っていた。単なる勘でしかなかったが、なぜかその自分の勘は絶対に誤っていない

という気がするのである。高見の才能が花を咲かせ、見事な実をつけ、世に認められるために、典子は自分が力になりたかった。これは恋ではない。ひとりの特別な才能を秘める青年の成長に、自分は手を貸したいのだ。典子はそう心の内で言い聞かせたあと、やっぱり自分は恋をしていると思った。

典子は水割りを飲み干し、立ちあがった。二階の部屋に入り、化粧を落とすと、ぬるめのシャワーで体を洗った。窓の網戸に白い蛾《が》がとまっていた。彼女は枕元《まくらもと》のスタンドの豆電球だけつけてベッドに寝そべった。もう一杯水割りを飲んだら良く眠れそうな気がしたが、顔の向きを変えるのも億劫《おっくう》だった。才能は溢《あふ》れていたのに運がなかった……、そんな芸術家たちの名を思い浮かべた。ゴッホ、モジリアニ……。もっともっとたくさんいる。絵の世界だけでなく、音楽や文学の世界にも。典子はふと高校生のときに同じクラスの友だちから言われ、いまも折に触れて甦《よみがえ》る言葉をつぶやいてみた。

「おとなしそうな顔してて、ほんとは親分肌なんやから、ケンカ、強いねんから」

典子は、何があっても、アヴィニョンには誰にも指一本触れさせるものかと思った。加賀が一番見込みがあると評価している見習いコックの江見恭弥を、五、六年フランスで修業させようと決めた。それは、昨年の秋ごろから、加賀が申し出ていた事柄だった。加賀は口にこそ出さなかったが、一生、アヴィニョンの雇われ者で終わりたくないのである。だから、アヴィニョンのシェフの後継者をちゃんと育てておいてから、自分の店を持ちたいという腹づもりがあり、典子もそのことは充分に理解していた。加賀が修業したパリのレストランは、加賀の推す人間ならいつでも受け入れると約束してくれていた。加賀は、人柄も料理のセンスも向学心も、さらには異国での修業に音をあげない忍耐力も、江見恭弥なら太鼓判が捺《お》せると勧めていた。十年先のことを考えて、いまから加賀の後継者作りを始めよう。典子はそう決心した。

店内のシャンデリアを消し忘れたのに気づき、典子は仕方なくベッドから起きあがった。起きあがったついでに、グラスにウィスキーをついだ。

「もう走りだしました。甲斐さんから、六十号の絵を註文されたときに」

高見の、静かな闘志にくるまれたような言葉が聞こえた。典子は、自分もまた走りだしたように感じたが、どこへ向かってなのかは見当もつかなかった。

昼前に起きた典子は、坂の昇り降りの運動を休んで、リード・ブラウンを病院に見舞った。神戸市内の救急病院にいったん収容されたあと、リード・ブラウンは西宮《にしのみや》の甲陽園からさらに六甲山を昇ったところにある静かな病院に移っていた。

「窓から典子の車が見えたんだ」

典子が病室に入るなり、リードは嬉《うれ》しそうに微笑《ほほえ》んだ。彼は半身を起こし、ベッドにナイロンのカバーを敷いて、チェスの駒《こま》を作っていた。血色も良く、想像していたよりもずっと元気そうであった。

「いいお部屋ね。一年前に一度だけ、この病院に来たことがあるの。店のお客さんが入院して、そのお見舞いに来たのよ。そのとき、夜になると、窓から神戸の海や大阪湾どころか、和歌山あたりの港の灯も見えるって言うてはったけど、本当？」

リードは縁なし眼鏡を外し、笑顔で頷《うなず》いた。

「ほんとに遠くまで見える。看護婦が、和歌山の海ですよって教えてくれたけど、私は神戸の夜の海ばかり見てるよ」

「元気そうで安心したわ」

「肺気腫《はいきしゅ》の範囲が少し拡がっただけだ。酒はワイングラスに一杯。煙草はパイプも駄目だって医者に言われた。グラスに一杯……。哀しいね」

リードは声をたてて笑い、肩をすくめた。しばらくとりとめのない話をしてから、典子は見舞いの品の包装紙を取り、果物屋の主人に、きょうが食べごろのをと選んでもらったメロンを切った。

「ブラウン商会を売るの？」

と典子は訊《き》いた。リードはまた肩をすくめ、

「そのことでマイクとケンカばっかりしてる。私の考え方は、古いそうだ。私は、毛皮屋というものは、なにも賑《にぎ》やかな場所に店を出す必要はないと考えてるんだ。街を歩く人が少し気に入っただけで買う品物じゃない。欲しい人がいい物を求めてやって来るものだ。マイクやジルがいくら元町を本店だといっても、ブラウン商会の本店は、この北野町だよ。でも、マイクもジルも、新しく出来たビルディングの中に店を持ちたい。客を待っている時代ではない。そう言ってね……」

「結論は出たの？」

「まだだ。いや、結論はもう出てるね。私は売らない。私が生きてるあいだは、誰にも売らない」

「よかった」

典子はリードの手を握った。リードも握り返して、シミだらけの手の甲を、典子の頬《ほお》にあてがった。

「リードのお店が北野町からなくなったら、私、ひとりぼっち」

典子は、夫の遺《のこ》した手紙がみつかったいきさつを話し、ハンドバッグから出すと、リードに手渡した。リードは、日本語は堪能《たんのう》だったが、読み書きは苦手であった。

「絵の裏に貼《は》ってあった？」

リードは怪訝《けげん》な面持ちで手紙を見つめた。典子はそれを読んで聞かせた。

リード・ブラウンは手紙の中程《なかほど》あたりで目を閉じ、首をかすかに左右に振り始めた。それがいかなる意味なのか、典子には判らなかった。

「幻想だよ」

とリードは言った。

「ヨシナオの幻想だ。彼は、よく私に、どうして子供が出来ないのかなァって言ってた。典子に赤ちゃんを生んでもらいたかったんだ。そういう欲求が、死を前にして幻想を作らせたんだよ。典子はまさか本気にしてるんじゃないだろうね。こんな手紙はいつまでも持ってるもんじゃない。捨ててしまったほうがいいんだよ」

「幻想……」

「そう、幻想だ。歳を取ると、何が真実で何が幻想かが判るようになる。私には、ヨシナオがこの手紙に幻想を書いたということが判る」

「幻想なんかと違うわ。あの人はほんとのことを書き遺したんやわ」

そう叫んだ瞬間、典子はリードの真意を理解したのだった。彼も、手紙に書かれてあることが嘘《うそ》ではないのを直感し、しかも、子供が義直の子であるのも感じ取ったのである。けれども、いったい何になるというのか。典子が、この手紙にこだわりを持ったとて、典子には余計な悲哀が重なるだけだ。忘れてしまえとリードはさとしているのだ。典子は、そんなリードの心遣《こころづか》いに涙ぐみそうになり、そのまま言葉なくうなだれた。

「そうね。きっと幻想よね」

彼女は立ちあがり、リードに背を向けて大きなガラス窓のところへ行くと、神戸港に視線を投じて言った。

「私、病院で調べてもらったのよ。そやけど、私には異常はなかった。お義母さんも、私の両親も、子供はまだかまだかってせっついて……。なんで、子供がでけへんかったのかな」

看護婦が入って来て、リードの腋《わき》の下に体温計をはさむと、ちらっと典子を見た。もうそろそろ引き取ってもらいたい。そんな目つきであった。

「マイクとジルにも子供が出来ない。結婚して七年もたつのに」

とリードは言った。息子の嫁であるジルとリードとは仲が悪かった。リードは、あからさまに嫁の悪口を他人に言ったりしなかったが、よほど腹にすえかねたときなど、典子にだけはときおり、愚痴をこぼすのである。

「ジルは家庭よりも金が好きみたいだ」

とか、

「ジルの友だちは、みんな品が悪い」

とかを、何かのひょうしに口走る。

典子は、メロンの皮を捨て、果物ナイフと皿を洗って、

「また来るわ。何か欲しいものはない？」

と訊《き》いた。リードは片目をつむり、

「勝郎の焼いたパイの中に、典子がそっと鶏の腎臓《じんぞう》を入れて来てくれるとありがたいね」

そう言って微笑《ほほえ》んだ。

「マイクとジルは、病院にはちゃんと来てくれるんでしょう？」

病室のドアのノブに手をかけ、典子は何気なく訊いた。

「北野町の私の店を買いたがってる男と、夜遅くまで遊んでるみたいだ。黄さんの息子が見舞いに来てくれたとき、そう教えてくれたよ。とくに、ジルはルーレットに夢中らしい」

「ルーレット？」

典子は、もう一度ベッドの傍に戻り、眉根《まゆね》を少し寄せた。

「秘密のクラブでね。黄さんの息子は、その荒木っていう男のことをよく知ってたよ。たちの悪い男で、最近、東京の六本木《ろっぽんぎ》から神戸に来たそうなんだ。自分は六本木でクラブを経営してるけど、店はほとんど女房にまかせてるそうだ。ジルはその女房と仲が良くなって、店が終わると、荒木……、何て名前だったかな」

ベッドの横の小物入れから、リードは財布を出し、一枚の名刺を典子に見せた。女物の名刺には（アラキ・エンタープライズ　専務取締役　荒木美沙）と印刷されてあった。

「ミサって読むのよ」

「ああ、そうそう、ミサだよ。このミサって女と夜中の三時ぐらいまでルーレットをやってる。私は黄健明に頼んで、少し調べてもらった」

「何を？」

「勿論《もちろん》、私に店を売る気はない。だけど、悪い人間がいっぱいいるからね。秘密クラブに連れて行って、ジルにルーレットを教える人間を、私は信用出来ないよ。だから、荒木という夫婦のことを調べてもらったんだ」

「黄さんのコネクションは広いから、すぐに判ったでしょう？」

リードは頷《うなず》き、

「荒木夫婦が、六本木の店を使用人にまかせて神戸に来た理由が判ったよ。荒木美沙は、松木さんの娘なんだ」

典子は、しばらく茫然《ぼうぜん》とリードを見ていたが、

「私、黄さんに直接逢《あ》って話を訊いてくるわ」

と言って踵《きびす》を返した。

「どうしたんだ？」

とリードが訊いた。

「私にも無関係じゃなさそう。詳しいことはあとで説明するわ」

病院を出て、典子は自分の車を神戸大学の方向に走らせた。途中、何度か公衆電話のところで速度をゆるめたが、黄健明が持病の痛風で動けないでいることを知っていたので、そのまま阪神国道に出、石屋川のほうへ戻って行った。松木精兵衛の死んだ先妻は、ブラウン商会の得意客で、そのためにリードも、松木とは面識があった。荒木夫婦が欲しがっているものはブラウン商会だけではなく、私の店もなのだ。それは典子の中で確信となっていた。石屋川のほとりを山手に進み、神戸大学の、学部別に幾つかの校舎が分かれて建ち並ぶ道をさらに昇った。こぢんまりしているが、それぞ

れの部屋は各フロアーをすべて使用する贅沢《ぜいたく》なマンションの駐車場に車を停めた。

一階には、それぞれの部屋に通じるインターホンがあり、住人の許可がなければ、その階に着いてもエレベーターのドアは開かない仕組みになっている。

黄健明の娘の声がした。本名は黄芳梅だったが、甲斐家の人間も、リード・ブラウンの家族も「梅ちゃん」と呼んでいた。

「急に来てごめんなさい。典子です。甲斐典子」

「典ちゃん？　うわあ、珍客」

エレベーターが六階に停まり、ドアが開いた。開くと、そのまま五、六歩進む程度で黄家の玄関につながるのである。芳梅が、玄関の扉を開いて待っていた。芳梅は神戸で生まれ育ち、義直とはおない歳で、小学校も中学校も同じだった。

「お父さん、いらっしゃる？」

「いるわ。足が痛い痛いってわめきながら、電話ばっかりかけとうの」

紫檀《したん》の大きな板に精巧な透かし細工を施したついたてがあり、その隙間《すきま》から広々としたリビングが見えた。中国・福建を故郷とする黄健明の豊かな耳と頬《ほお》を久し振りに目にして、典子は、そう、私にはリード・ブラウンと黄健明という父がいるのだと思った。

「ぱっと花が咲いたね。典ちゃんが来ると、私の部屋に花が咲く」

福建人特有の厚い胸郭を白い絹の半袖《はんそで》シャツで包み、痛風で痛む右足を足台に載せて、黄健明は微笑《ほほえ》んだ。

「この梅ちゃんていう花が傍にいてるでしょう？」

小柄で色白な、父親似の丸い目がよく動く芳梅が言った。彼女は三十九歳だったが、誰が見ても三十歳よりも上には見えなかった。彼女は二十歳のとき母を亡くし、それ以後ずっと独身のまま父の世話をつづけてきたのである。

「梅は冬しか咲かない。私は名前をつけまちがったよ。一年中咲いてる花の名をつけたらよかった」

そう言ってから、黄健明は、

「典ちゃんに電話をかけようと思ってたんだけど、雑用が多くてね」

と身を乗り出した。

「ブラウンさんのお見舞いに行って、ちょっと気になることを聞いたもんですから」

典子は、黄健明の傍らで坐《すわ》っているチワワの夫婦の頭を撫《な》でながら言った。そして、きのうの出来事を順序だてて詳細に説明した。

「松木さんは、もっと簡単に解決すると思ってたらしい。ところが、娘の亭主は厄介な男だ。天才的な詐欺師だよ。自分の女房の親父が、神戸で一番の宝石店の社長だと判ったときは、宝のつまってる洞窟《どうくつ》に入った気分になっただろう。金、銀、翡翠《ひすい》どころか、砂金の一粒までも全部吸い取るつもりだ。夢みたいな千載一遇の機会が、求めないのに舞い込んだんだからね」

黄健明の笑顔は次第に消えていった。

芳梅が、よく冷やしたウーロン茶と、中国産の香料を沁《し》み込ませたおしぼりを運んで来、話の内容が単なる世間話ではないことを知ると、

「ごゆっくり」

と言って自室に入った。

「やくざのほうが、まだ始末がいい。松木さんは相手が予想以上にてごわいのがやっと判って、慌ててるよ。後藤は知り合いのやくざの幹部に相談したが、かえって裏目に出た」

黄健明は、柔和な笑みを浮かべ、典子にウーロン茶を勧めた。

「神戸のやくざの幹部でも手が出せない男なんですか？」

と典子は訊《き》いた。

「最近のやくざは、得になるほうに付く。その荒木という男は、松木さんのところに

来る前に、そっちの面でも手を打ってあった。頭のいい男だね。香港《ホンコン》に、まだ若いが、警察もやくざも手の出せない男がいる。何人も人を殺してるし、何人もの若い女が行方不明になった。みんなこの男のしわざだ。しかし、悠々《ゆうゆう》とプール付きの大邸宅で暮らしてる。こんな男がときどきいるんだ。非常に沈着で臆病《おくびょう》で、しかも残忍で豪胆だ。いつでも本気で開き直れる。殺すなら殺してみろ、俺はいますぐにでも死んでみせるぞ。そんな心と、向こうから歩いて来る野良犬に怯《おび》えて遠廻《とおまわ》りする心とを同時に持ってる。男色家で、同時に女好きだ。きのうは女を縛って鞭《むち》をふるい、あしたは自分が首輪をはめられて四つん這《ば》いになり、ハイヒールで踏まれたがる。こんな男が、ひとつのものを狙《ねら》い始めると、手に入れるまで徹底的にやる。そのために自分が破滅することなどいとわない。緻密《ちみつ》で慎重な作戦をたて、笑いながら実行する。荒木幸雄と、私の知ってる香港の羅清儒は、おんなじ種族の人間だよ」

　黄健明はそこで一呼吸置き、二匹のチワワを胸に抱いた。それから破顔一笑し、

「でも、所詮《しょせん》、何かに支配されてしまっている人間だからね。栄える筈《はず》がない」

　と言った。

「何かにって、何にですか？」

「欲望、としか言う以外ないよ」

典子は、黄健明が答えをすべて明らかにする人間ではないことを知っていた。いかにも中国人的でもあったし、日本で生まれ育ち、戦争の一時期、台北《たいほく》へ逃げ、やがてそこが国民党によって中国本土と分離されると、国共内戦の鎮静を待って再び日本に来、荷車を引いて商売を始め、今日を築いた彼の知恵でもあった。

黄健明は、痛む指に響くのか、少し顔をしかめながらチワワをカーペットに降ろし、

「荒木美沙が、自分の父親の名と、現在どこで何をしているのかを知ったのは、半年ほど前だよ。松木さんは、自分の会社に勤めていた真面目《まじめ》な男の妻に手を出した。亭主を長期の出張に行かせておいてね。そして他人の妻を妊娠させた。生まれたのが、美沙だよ」

と話し始めた。

「亭主は、社長と自分の妻とのことをすぐに気づいた。松木さんは子供を堕《お》ろさせようとしたし、女の亭主は勿論《もちろん》、即刻離婚しようとした。ところが、女は行方をくらましてしまった。後藤は人を何人か使って捜したが、判らなかった。亭主は松木さんから金を貰《もら》って会社を辞《や》めた。しかし、この亭主と女房とは別れてなかったんだ。それも最近になって判った。それ以上詳しいことは、私は知らない。知る必要もないから

ね。ただ、美沙は、松木さんにひとつの要求を出した。神戸のアヴィニョンを自分のものにしたいってね」

典子は、穏やかな黄健明の顔を見つめた。

「アヴィニョンを？　私の店を？」

「典ちゃんが、この四年間で、アヴィニョンをいかに立派なフランス料理店にしたかというあかしだね」

まったく動じていない黄健明の笑顔の中で、目はきつく光っていた。

「見も知らない人間が、どうやって私の店を自分の店に出来るんですか。手品を使ってもでけへんでしょう？」

空恐ろしさを感じつつ、典子は気色ばんで言った。

「そう。しかし、手品を使うつもりらしい。アヴィニョンが経営不振になり、やって行けなくなったら、手離すしかない。荒木幸雄は、葉山を手なずけた。荒木美沙は、ブラウンさんの息子夫婦を手なずけた。金は、松木さんが腐るほど持ってる」

典子が何か言おうとしたとき、芳梅が部屋から出て来て、

「冗談やないわ。お父さん、そこまで知ってるんなら、なんで典ちゃんを助けてあげへんの？」

と言った。

「盗み聴きの名人だ」

黄健明は痛風の痛みに顔をしかめながら笑い声をあげた。

「私に何が出来る？　助けてあげたいし、少しは助けることも出来る。でも、少しだけだ。結局、典ちゃんが自分で闘うしかないね」

理不尽な火の粉が、前ぶれもなく降って来る。世の中の仕組みとはそのようなものだ。夫の早世もそうだった。私は為《な》す術《すべ》もなく、夫が息絶えていく横に寄りそっていただけだ。典子はそう思った。典子は無言で立ちあがった。

「典ちゃんは、本当にアヴィニョンをつづけていくつもりかな」

と黄健明が言った。典子は黙っていた。

「典ちゃんは、あまり商売が好きじゃない」

また黄健明は言った。彼はもう笑っていなかった。ぼんやりとチワワの夫婦に目をやり、典子は、そんな得体の知れない悪人と闘うくらいなら、いっそアヴィニョンをつぶしてしまったほうがいいと考えた。

「典ちゃんは、よく働いた。義直のお母さんの老後は盤石だし、典ちゃんにも、たくさん自由になる金が出来た」

さまざまな含みを持つ黄健明の言葉であった。

私は生涯を、アヴィニョンの経営に費やすつもりだろうか。この四年間、四季のうつろいも感じぬほどがむしゃらに働きつづけてきたが、それはアヴィニョンというフランス料理店のためだけではなく、ひとりぼっちになった優しい義母と、若くして逝《い》った夫の無念に対する私なりの仇討《あだう》ちだったような気がする。覚悟など定まってはいない。いみじくもいま黄健明が指摘したとおり、私はやれやれと一息ついて、甲斐家の若い未亡人としての責任をとりあえず果たしたという安堵《あんど》の中にいる。そう、私は本来、商売には向いていないのだと自分自身では思っている。典子はウーロン茶をひと口飲み、チワワのしっぽの動きを目で追いながら、そう考えていた。

「突然お邪魔してすみませんでした。健明のおじさまに教えてもらわなかったら、このままずるずる相手の罠《わな》にはまるところでした」

二匹のチワワの頭をさすり、典子は黄家から辞去しようとした。そんな典子を、黄健明は手で軽く制して、

「私の子供たちは、のんき者ばっかりで、長男といい、この芳梅といい、結婚する気なんかぜんぜんない。芳梅なんか、私がせっかくいい男をみつけてきても、洟もひっかけない。康順は一年の内の半分をタイで暮らし、半分を日本で暮らしてるが、とに

かく仕事以外興味がないみたいだ。康順は来年四十二歳だ。私は働き者のいい息子に恵まれたと感謝してるが、いい加減に結婚して、早く孫をみせてくれたらどうかって、このあいだ言ったんだ」

　黄健明は、ちらっと娘の芳梅を見やった。笑顔を絶やさない芳梅がふっとかしこまった顔つきになった。

「なんと、びっくりしたよ。康順には好きな女性がいた。日本人で、三十七歳の美しい未亡人だ」

「兄さんねェ、典ちゃんに片思いしてたんやて。私、ええって叫んだわ」

　と芳梅は言った。黄家の長男である黄康順とは、何度も顔を合わせていた。店にもときどき取引客と来ることもあったし、黄健明貿易公司の前で挨拶《あいさつ》を交わし、世間話をする場合もあった。長身で、父親似の穏やかな目を持っていたが、妹の芳梅とは逆に、歳よりも老《ふ》けて見えた。

「康順がいままで独身だったのは、商売が嫌いで、日本の大学のドクターコースに進み、途中でアメリカに三年間留学したからだよ。物理学を学んで、学者になるつもりだった。しかし、私が六年前、大病をして死にかけたとき、自分から学問を捨てて、私の跡を継ぐと言いだしたんだ。アメリカで、中国人の恋人がいたが、それはよくある青年の恋で、二年もつづかなかった。私の仕事を手伝うようになってからは、日本、タイ、台湾《たいわん》、香港《ホンコン》、アメリカと飛び廻《まわ》って、じつによく働いた。それで、いつのまにか四十を超《こ》えてしまったんだ」

康順の妻になってやってくれないか。黄健明は典子の目に見入って、そう言った。突然の話でもあるし、自分にはこれから降りかかりつつある火の粉をどう撃退するかという問題が待ち受けている。典子は、自分でも元気がないと感じられる口調で答え、黄家を辞した。芳梅が駐車場まで送って来て、

「兄さん、典ちゃんに熱烈に惚《ほ》れてるのよ。三年ぐらい前から、典ちゃんのことを思うてたんやて」

と言った。

「梅ちゃんは、結婚せえへんの?」

典子は訊《き》いた。

「たぶん、すると思う。私の返事次第。二歳歳下やねん。もうこのへんで『うん』と言うとかんと、完全に売れ残って、どうしようもなくなるわ」

「そしたら、もう返事をしたのもおんなじやないの」

「うん。そやけど、日本から離れるのがいややねん。その人、台北大学の助教授やか

ら、私、台北市に住むことになるの。お父さんはことしの十二月に七十歳になるのよ。康順兄さんとふたりきりになってしまう。返事をしぶってるのは、そういう問題があるから」

そして芳梅は、運転席に坐《すわ》った典子に冗談めかして言った。

「典ちゃんが、康順兄さんの奥さんになってくれたら、私、安心してお嫁に行けるのに」

典子は王子動物園の近くまで来て、時計を見た。加賀と小柴が店に来る時間だった。実家に寄りたかったが、あすに延ばすことにして店へ急いだ。黄家の人々の笑顔がしきりに浮かんだ。黄康順が自分に好意を持ちつづけていたと聞かされた際、まったく驚かなかったことを初めて不思議に感じた。予想もしていなかったのに、いささかの驚きもなかったなんて、私もうぬぼれ屋やわ……。彼女は、信号待ちをしながら、バックミラーに顔を映し、小さく舌を出した。

加賀と小柴は、店の中で待っていた。典子はふたりを見るなり、リード・ブラウンから聞いた話と、黄健明から教えられた内容を伝えた。

「なめやがって」

と小柴は顔を紅潮させた。

「アヴィニョンを自分のものにしたいやて？　何ぬかしてやがんねん。そんなことが好き勝手に出来ると思とんのか」

小柴はもう一度、なめやがってとつぶやき、店の中を行ったり来たりした。

「しかし、アヴィニョンが欲しいのに、なんでブラウン商会の土地を手に入れたがってるんでしょうね」

加賀が天井を見あげて言った。言われてみれば、その疑問はもっともであった。アヴィニョンとブラウン商会は、あいだにアヴィニョンの三坪ほどの庭と、ブラウン商会の蔦《つた》に覆われた物置があって、一見、離れているように見えるが、地続きなのである。アヴィニョンとブラウン商会をひとつにしてしまうつもりなのかなと典子は考えた。

そのために、先にブラウン商会を手に入れておこうという企みだとしたら、相手はよほど自信があることになる。「金、銀、翡翠《ひすい》どころか、砂金の一粒までも全部吸い取るつもりだ」。黄健明の言葉に、典子は何がしかの意味を感じた。

「加賀さんは、早く独立したいでしょう？」

典子は話題を変え、小柴に坐るよう促した。

「四十五歳を目標にしています」

悪びれずに答えた加賀の態度で、典子が抱いていた一抹《いちまつ》の懸念が消えた。加賀にも、もしかしたらすでに荒木夫妻の手が伸びているのではなかろうかと思っていたのだった。

「あと三年ね。あと三年は、アヴィニョンのシェフを務めてくれるのね」

それは、もうあとたったの三年かという思いもこめられていた。加賀を超《こ》えるシェフは滅多にいない。アヴィニョンは、加賀の腕前によって存在しているのだ。自分のそんな考えを、典子も素直に口にした。

「そんなことはありません」

加賀は、背筋を伸ばして言った。

「料理人ていうのは不思議なもんです。その技術とかオリジナリティーは、いつも店というまな板に載《の》ってます。その店の雰囲気、客筋、経営者の理念からは、結局はみ出せません。いい料理人は、アヴィニョンに一歩入ったら、どうしようもなく、アヴィニョンというまな板の上で料理をしてしまうんです。私のものは、ちゃんと残して行きますし……」

クロークにある電話が鳴った。典子はイヤリングを外し、それをハンドバッグにしまってから、受話機を取った。

「今夜、そちらで食事をしたいんで、予約しとこうと思って」

めりはりのはっきりした若い男の声であった。典子は、きょうから夏期休暇で、八月二十日まで休ませていただくと答えた。

「じゃあ、八月二十一日に二名予約したいんですが」

「ありがとうございます。八月二十一日におふたりさまでございますね。お名前は？」

男は、

「荒木幸雄といいます」

そう一語一語切るようにして名乗った。

「荒木幸雄さま。承知いたしました。ありがとうございます」

典子はいつもと同じ調子で、予約客の名を復唱しながら、加賀と小柴を見、電話を切った。

「休み明けの最初の予約客ですね」

加賀は笑みを浮かべて言った。

「そうよ、荒木幸雄さま。おふたりやから、ご夫婦お揃《そろ》いでお越しになるみたい」

「ふざけやがって。アヴィニョンをつぶせるもんならつぶしてみィ。いざとなったら、私が刺し違えてやりますよ」

小柴は、実際、やりかねないような表情で、電話を睨《にら》みつけていた。ふん、大切なアヴィニョンを、汚そうったって、そうはさせへんわ……。典子の中で闘志が湧《わ》いてきた。

アヴィニョンという関西でも屈指のフランス料理店を、そんなやくざまがいの連中にいいようにされてたまるものか。どんな手を使ってくるのか判らないが、夏期休暇中にとりあえずウェイターを二名補充しておかなければならない。いや、三名だ。アヴィニョンの将来のために、江見恭弥をフランスへ行かせることに決めたのだから。典子は、あれこれ考えをめぐらせ、加賀に、江見のフランス行きの件を切り出した。

「江見のやつ、喜びますよ」

加賀は微笑《ほほえ》んでから、

「法的に有効な契約書を作成しとくことです。これは急いで下さい。私は、フランスに国際電話をかけて、江見の下宿先なんかの段取りを急ぎます」

と言った。

「私と江見さんとの契約書？」

「そうです。渡航費用や向こうでの生活費を負担して、フランスで腕を磨《みが》かせてやるわけですが、江見にとったら一生の財産を身につけることになるんです。だから、日本に帰って来たら、アヴィニョン及びその経営者の甲斐典子と十年間の雇用契約を義務づけておくんです。金を出してフランスで修業させてやり、帰国して一、二年勤めたところで辞《や》められたら、こっちは馬鹿を見るだけです。江見は信用出来る男ですけど、人間なんて、いつ、どんな具合で気が変わるかは判ったもんじゃありませんから」

典子は、契約書を二通、至急に作成することに決めた。

「江見さんの代わりが必要ね」

「私に心当たりがあります。私が誘ったら、多分ここで働いてくれるでしょう」

加賀はそう言ったあと、いたずらっぽく笑い、

「松木夫人は、もうこの店には来ないでしょう。ＪＥＢの会も自然消滅するでしょうから、水野に戻って来てもらうってのはどうですか。あれだけの熟練したウェイターは、そういませんよ」

「後藤さんを刺激することになるわね」

しかし、それならそれで、逆手にとってやろう。松木宝飾店も、荒木幸雄・美沙という黴菌《ばいきん》にとっつかれて苦慮している。待つよりも、こっちから仕掛けてやろう。い

ったん腹をくったら、途端に攻撃的とも言える行動に移る性癖を持っていること
を、典子は、まだ自覚していないのである。彼女はハンドバッグを手にして、
「水野さんと逢《あ》うわ。彼、きっと店を辞めたこと、奥さんに言うてないと思うわ。早
いほうがええでしょう？」
と言い残し、店を出ようとした。加賀も慌てて立ちあがり、
「私は、江見と連絡をとって、フランス行きの件と、京都のホテルに勤めているあい
つの友だちをアヴィニョンに引き抜く話を進めますよ」
そう言って、典子と並んで坂道を下りだした。
「私は、どないしたらええんです？　私で役に立つことは、ぜんぜんおまへんの
か？」
小柴が叫んだ。
「きょうから夏休みよ。小柴さんは、ゆっくり休んでちょうだい。ああ、店の鍵《かぎ》をち
ゃんとしめといてね」
典子は小柴に手を振った。山手幹線のところまで下ったとき、クラクションが鳴っ
た。小柴が軽自動車を運転して追いかけてきたのである。
「ボディーガード、ボディーガード」

小柴は窓から太い腕を出して、力こぶを作り、

「乗って下さい。軽自動車は便利でっせ」

と笑った。

「私は阪神電車に乗ります」

顔を見合わせて笑ってから、加賀は急ぎ足で三ノ宮駅のほうへ去って行った。典子は軽自動車の助手席に坐《すわ》り、

「出発進行、春日道《かすがのみち》よ」

と言った。道は停滞していたが、少しも苛立《いらだ》たなかった。水野は歓《よろこ》んでアヴィニョンで働いてくれるだろう。水野の妻と子供たちの顔が浮かんだ。

「小柴さんは、履歴書に、いっぱい嘘《うそ》を書いたでしょう」

典子は笑顔で言った。

「いっぱい、とは違います。ちょっとだけです」

小柴は、すみませんと言って頭を下げた。

「ちょっとだけって、どの部分？」

「はあ……」

小柴の顔に予想以上に苦渋の翳《かげ》がさしたので、典子は知らないふりをしていればよ

かったと後悔した。

「いいの。小柴さんも、アヴィニョンにはなくてはならん人やから、そんなこと、どうでもええわ」

「高校卒業っちゅうのは、嘘です。中学しか出てまへん。大阪の今里《いまざと》で生まれ育ったんですけど、親父が酒飲みのうえに博打《ばくち》狂いで、お袋は、ええ歳をしてキャバレーのホステスをやってました。兄貴も極道者で、私は中学を卒業してから、日本橋《にっぽんばし》の電機屋に勤めたんです。二年ほどたったころ、兄貴がしょっちゅう店に来るようになりました。兄貴が来るたびに、品物がなくなるんです。ラジオ、小型テレビ……。それで、店を馘《くび》になりました。そやけど、どこに勤めても兄貴が嗅《か》ぎつけて、ならず者と一緒に来よるんです。二十歳のとき、私もいつのまにか、その連中の仲間に入ってました。二十三のとき、お袋が死にまして、これではいかんと思て、東京へ逃げたんです。運送会社で真面目《まじめ》に働いて、大型免許を取り、長距離トラックの運転手をやりながら、金を貯《た》めました。やっと自分のトラックを持てたのが、三十二のときです。その年に女房をもらいました。ところが、新品のトラックが盗まれました。兄貴が盗んで叩《たた》き売ったっちゅうことが判ったとき、私は、兄貴の腹を出刃包丁で刺しました。さいわい、死ねへんかったんで、私は八年と三ヵ月で刑務所から出て来ました。そのことは、履歴書には書いてまへん」

「刑務所……。八年も？」

典子は小柴の横顔をみつめた。

「すんまへん」

そうつぶやいたきり、小柴はハンドルを握ったまま、首を深く垂れた。典子は、車を道の端に停めさせ、

「そのお兄さんは、いま、どうしとうの？」

と訊《き》いた。

「私が刑務所から出て来て、半年ぐらいたったころ、大阪のミナミで、どこかの組員にうしろからピストルで撃たれて死にました」

「黙ってたら判らへんのに、なんで正直に言うてしもたの？」

小柴は、ただ「すんまへん」と繰り返すばかりだった。小柴のことだから、もし仮に犯罪を犯したという過去があっても、せいぜい競馬のノミ行為だとか、イカサマ賭《と》博《ばく》だとかに関わった程度だろうと思っていたのだが、実の兄を包丁で刺したと聞き、典子は心臓がどきどきしてきた。

「出発進行。春日道よ。近くまで行ったら、水野さんのおうちに電話をかけて、どこ

かの喫茶店で話をするわ。小柴さんは、その近くで待っててね」

典子は言った。小柴は、やっと顔をあげ、

「奥さんをアヴィニョンに送り届けたら、私は辞《や》めさせてもらいます」

と小さな声で言った。小柴はいつも典子を「奥さん」と呼ぶのである。

「内緒にしときましょうね。私、加賀さんにも言わへんわ。軽自動車の運転手で、客の送り迎えばっかりなんて、面白くないやろけど、それでもよかったら、いつまでも私の店で働いてね」

「いや、私は履歴書に前科があることを、それも自分の兄貴を出刃包丁で刺したことを隠してたんです。これも立派な法律違反でっさかい……」

「私、お嬢さん育ちやから、何にも判らへんの。世の中の裏を知ってる人が、ひとりぐらい傍にいてくれんと困るわ」

「ほんまに、このまま勤めさせてもろてもよろしいんでっか？　ほんまでっか？」

小柴は濃い眉《まゆ》に伝い落ちた汗をぬぐい、何度も言った。典子は返事の代わりに、また、

「出発進行」

と言った。小柴は車を発進させ、

「家内のやつ、こないだ店の近くまで来たんやそうです。あんな素晴らしいフランス料理店に勤めてるなんて想像もしてへんかったたっちゅうて歓《よろこ》んでました。奥さんのことを、きれいや、きれいやて言うてました」

そう声を高めて言った。涙声を誤魔化《ごまか》そうとしているのだということは、典子にも判った。

「そんなお世辞、言わんでもええわよ」

「お世辞と違いまっせ。ほんまに、家内はそう言うてたんです。私はねェ、絶対にお世辞だけは言いまへんねや。ちょっとお世辞が言えるようにならんとあかんなって、思うくらいです」

典子は嬉《うれ》しくなって、

「きれいにも、いろいろあるわ。松木夫人も、きれいやし……」

そう言って、小柴の言葉を待った。

「気高い美しさ、ですなァ。家内の言いたかった、きれいさとは」

小柴は、自分の言葉に満足したかのように、気高い、気高いと繰り返した。典子は口を押さえて笑った。

典子は最初、小柴にひとりしか子供がいなくて、それもまだ二歳の女の子であることをひやかそうと思ったのだった。履歴書では、小柴は四十五歳ということになっていたし、結婚は彼が三十二歳のときだと書かれている。典子が求人広告で運転手を募集した際、四十五から五十歳までの人を望むという条件をつけたのである。二、三十歳代の男は、軽自動車による客の送迎などすぐにいやけがさしてしまうだろうし、アヴィニョンの、舌にもうるさいが、口もうるさい客には、中年の運転手が適していると判断したからだった。結婚して十三年もたつのに、子供が二歳の女の子だけとは少し変だな。きっと、年齢を三、四歳誤魔化しているのだろう。典子はそう推測したが、人柄に魅《ひ》かれるところがあって小柴を採用したのである。

典子は、春日道の昇り口で車を停めた小柴に、自分がなぜ履歴書の嘘《うそ》について口にしたかを説明し、

「まさか、刑務所なんて言葉が出てくるとは考えもせえへんかった……」

と言った。

「小柴さんの奥さん、よく八年も待っててくれたわね」

ハンカチで手の甲の汗を拭《ふ》き、

「ほんまに。私はてっきり逃げられるもんやと覚悟してましたけど、待っててくれたんですなァ」

と日盛りの坂道を見やって言った。

「私が帰って来たとき、家内は三十九歳でした。すぐに子供が出来たんですけど、初産で高齢出産ときてるから、どえらい難産で、結局、帝王切開したんです」

典子は公衆電話から水野の住まいに電話をかけた。典子の声を聞くと、水野は驚きを隠せない語調で、

「なんでしょうか」

と訊《き》いた。

「新しい勤め先、もう決まった？」

「いいえ。きのうのきょうですから」

「うちの店を辞めたってこと、もう奥さんには話したの？」

「いえ。言いだしにくくて……」

水野は、典子が近くにいること、それも自分に話があって訪れたことを知ると、

「そこから動かないで下さい。歩いて五分ほどです。すぐに行きますから」

と言った。典子は、小柴に、車を別のところへ移すよう指示し、ひとりで水野を待った。坂の途中の路地から、油気のない乱れた頭を手で整え、サンダル履《ば》きで、ほとんど駆け降りるようにしてやって来る水野が見えた。

冷房のききすぎた小さな喫茶店で、典子は、

「夏期休暇が終わったら、またアヴィニョンで働いてもらいたいんやけど」

と水野に言った。どうせ、いつかは話さなければならないとは思ったが、松木精兵衛に食いつき、アヴィニョンを我が物にしようとしている得体の知れない夫婦の件は黙っておいた。水野は長いこと考えてから、

「もう二度と、アヴィニョンに傷をつけるような真似《まね》はしません。よろしくお願いします」

と頭を下げた。

揺れる港

八月二十一日の夕刻、荒木夫妻はアヴィニョンに入って来ると、水野に案内されて、〈白い家〉の掛けてある壁ぎわの二人用のテーブルについた。まだ他に客はいなかった。ついたての陰から、荒木夫妻の人相とか着ているものを観察していた加賀は、典子に、

「蛇が二匹坐《すわ》ってるって感じですね。毒なんかない、追っぱらったら繁みに逃げて行くように見える凄《すご》い毒蛇ですよ。何とも言えない気持の悪い男です」

と耳打ちした。動悸《どうき》が強まるのを感じたが、典子は銀製のトレーにアペリティフを載《の》せ、二人のテーブルに行った。媚《こ》びてもいないし、客の品定めのためでもない、典子独特の微笑を浮かべて、

「ようこそいらっしゃいました。夏期休暇で、ご予約をお断りいたしまして、申し訳ございませんでした」

と挨拶し、水野の手にある註文用の用紙を見た。コース料理をそのまま註文していたが、水はフランス製のミネラルウォーターを要求していた。

「ほんとにいいお店ですわね」

荒木美沙が、典子の目を見つめて言った。色白の細面の顔の中で、そこだけ調和が崩れるかのような切れ長の目はきつく、幾分吊《つ》りあがっている。

「一朝一夕に作れるもんじゃありませんよね。天井の梁《はり》の色も、照明の具合も、このアペリティフも」

ある種の女にはたまらない魅力であろう浅黒い肌と太い鼻筋、それに妻とは逆の柔和な目をほころばせて、荒木幸雄も典子にじっと見入って言った。太い首と広い肩幅、背広の上からでも判る筋肉の盛りあがった胸、そして、ひきしまった腹や腰。それらは、典子には人工的なものに見えた。それよりも典子が薄気味悪く思えたのは、荒木幸雄の顔である。どことなく本性のつかめない、肉の仮面を、とっかえひっかえかぶっている。そんな気がしたのだった。

「亡くなりました義父の趣味でございますの。私は、跡を継いだだけで」

典子はそう答えて、二人がアペリティフを飲み、ワインリストを開くまで立っていた。荒木幸雄はブルゴーニュ産の辛口《からくち》の赤ワインを註文した。典子は、調理場に戻り、加賀にワインの銘柄を伝えた。しかし、加賀が持って来たのは、同じ品種でも少し甘口の、荒木が註文したのとは違うワインであった。加賀はいたずらっぽく笑い、

「試してみましょうよ。味見して、きっと『ノン』て言いますよ」

とささやいた。

「言うかしら」

よほどワインを知っている者か、それともこっちがあきらかに間違えないかぎり、一度栓《せん》を抜き、グラスに注がれたワインを一口含んで『ノン』と言える客は皆無に近かった。

ワインを運んで、しばらくして戻ってきた水野は、

「ご主人を呼んでくれって言ってますが」

と言った。加賀は知らぬふりをして、二皿目のオードブルを盛りつけている。

「お呼びでございますか？」

典子は、荒木夫妻のテーブルに行き、ワイングラスを見やった。荒木幸雄は味見したあとのグラスに、ワインを注ぎ、妻のグラスにも注いだが、柔和な笑みを絶やさないまま、

「私が頼んだのと違うものでしたが、これもなかなかおいしいので、換えてもらわず

に飲んじゃうことにしました」

と言って、グラスをわざとらしくかかげた。金のブレスレットが、カッターシャツの袖《そで》に引っかかった。

「あら、間違いましたのね。お取り換えいたします」

「いいんです。アヴィニョンが間違えるなんて、滅多にない。いい語り草になりますよ」

「さようでございますか。じゃあ、語り草をご賞味下さいませ」

典子が笑顔で言うと、荒木幸雄も屈託なく笑い返し、妻とグラスを合わせて、

「語り草のために」

そうささやいて乾杯した。

典子が調理場へ戻ると、水野と、江見の紹介で急遽《きゅうきょ》アヴィニョンに勤めるようになった梶木克信の声が聞こえた。

「どこかで見たことがあるんだよなァ、あの夫婦」

水野はしきりに小首をかしげて言った。

「ぼくも、あるんですよねェ。どこやったかなァ」

梶木は調理場の換気扇に目をやっていたが、聞き覚えのある女の名をあげ、

「そうや、二人で一、二回、ホテルのレストランに来たんです。知ってるでしょう？　槙《まき》なおみ。最初はポルノ映画に出てたけど、あっというまに人気が出て、歌手になった槙なおみ。彼女とホテルに泊まってた男です」

そう小声で言った。

「なんで泊まってるなんて判るんだ。食事をしただけかも判らんだろう」

加賀が訊《き》いた。

「だって、ルーム・キーを見せて、サインしましたから」

「俺は、あの夫婦に見覚えがあるんだ。東京だったよ。うーん、思い出せんなァ」

水野は、どうでもいいといった顔つきで、調理場から出て行きかけ、

「そうだ、思い出した。六本木にあるアスレチック・クラブだ。夫婦でボディビルをやってたんだ。まだそのころは、女がボディビルをやるなんて珍しかったからね。それで覚えてたんだ」

彼は店のほうを気にしつつ、いっそう声を落として、

「もう十年ぐらい前だよ。真っ赤なポルシェに乗ってた」

そう言い残して、ついたてのうしろに廻《まわ》った。五人連れの予約客が入って来て、調理場は忙しくなった。

荒木夫妻は時間をかけて食事を楽しみ、

「いやァ、満足しました。東京から足を伸ばすだけの価値はありますよ」

「フォアグラとうずらのパイ皮包み。最高でしたわ」

それぞれ何の芝居気もない言い方で典子に会釈し、去って行った。ひとまずほっとして、典子は他の客の応対をし、その夜は定時に店を閉めた。水野たちが着換え、加賀も、調理場から出て、店の椅子《いす》に坐《すわ》り、それぞれが煙草を吸い始めたとき、花屋が、白い胡蝶蘭《こちょうらん》の束を配達して来た。見事な胡蝶蘭には、赤いリボンがあしらわれ、メッセージが添えてあった。

(ごちそうさまでした。この花が枯れないうちに、また来ます。荒木幸雄・美沙)。

典子は黙って、メッセージを加賀に手渡した。

「なるほどね。こういう手口でスタートするわけか」

その加賀の言葉で、メッセージを横から見入って、

「変な客ですね。何かあるんですか？　こういう手口でスタートするって、どういう意味です？」

と水野が訊いた。典子は、水野と加賀を残して、他の従業員をそれとなく帰宅させると、

「水野さんと、まったく無関係というわけでもないのよね」

と言った。リード・ブラウンの話と黄健明の話とを、水野に話し終えたころ、小柴が裏口から入って来て、

「センター街の近くで、ブラウンさんの息子夫婦と合流しました。それで、ジャンニーノっちゅうクラブで三十分ほど酒を飲んでからリンドトップに場所を移しました。あそこの洗面所の裏には、ルーレットと、バカラ賭博《とばく》の部屋がありまんねや。秘密で朝の五時ぐらいまでやってます」

そう言って、車のキーを調理場の壁に掛けた。

「あの夫婦のあとをつけたの？」

「知り合いに、つけさしたんです。心配いりません。私にはぎょうさん借りのある男で、悪い人間やおまへんさかい」

小柴はネクタイを外し、加賀の隣に腰を降ろした。

「アヴィニョンを自分のものにするって……。どうやって、そんなことが出来るんです。この店に、毎日やくざを送り込んで、客が怖《こわ》くてこられないようにする以外、私には他に手口なんて考えられませんがねェ」

と水野が言った。典子は、二階にあがり、物置から、義父が収集した幾つかの壺《つぼ》の

中の、大きな青磁を選んで、胡蝶蘭を手早く活《い》けた。

「私、マイクとジルに逢《あ》うわ。それに松木精兵衛さんにも」

しばらく様子をみようということにして、典子は加賀たちを帰した。そして調理場の電話を、自分の部屋に二日前についた電話に切り換えた。

夏期休暇中、典子は、岡本の義母のところで一泊し、そのあと実家で二泊したので、もしかしたら、高見から電話があったのではないかと気にかかっていた。厄介な問題が起こっているにもかかわらず、典子の心には、折にふれて、高見の風貌《ふうぼう》がよぎるのである。デザインスタジオを辞《や》めて、次の仕事先がみつかるまで、アパートの一室でひたすら絵を描いているのだろうか。高見には恋人はいないのだろうか。その思いは、つかのま、典子の視界を揺らしたり、ふいにある動作の最中に、それを停止させたりするのだった。

彼女はシャワーを浴びたあと、加賀が「夜食にいかがです？」と言って、盛りつけてくれた、フォアグラとうずらのパイ皮包みを、ベッドに坐《すわ》って食べた。電話機を見ているうちに、典子は名案を思いついた。自分のほうから高見に電話をかける口実ともなるし、高見にとってもありがたいであろう名案を。

高見のアパートのダイヤルを廻《まわ》した。まだ一時前であった。高見はすぐに出て来た。

「甲斐です。ずっと留守をしてたから、そのあいだにお電話をいただいてたらいけないと思って」

と典子は言った。洗い髪の、化粧を落とした自分の顔が、ドレッサーに黄色く映っていた。

「ええ。二回お電話しました。描き始めたってこと、ご報告しようと思って」

「あら、じゃあキャンヴァスはもう真っ白じゃなくなったんですね」

「まあいちおう、線が這《は》ってます」

「あのう、私、絵の代金の一部を前払いしとこうと思って……」

「前払い？」

「ええ。半分でも先に渡しといたら、途中で投げだしたり、約束の期日に遅れたり出来んようになるでしょう？」

「信用されてないんですね。ぼくは、途中で投げだしたりしませんよ」

「そやけど、せっかくの個展をやめるなんて言いだす人やから」

「あれは別です」

「お金は、ないよりもあるほうがいいでしょう？　それで恋人とお食事でもどうぞ」

典子は、ドレッサーに映っている自分の顔から目をそむけた。

「恋人なんか、いませんよ。学生時代に、結婚しようなんて約束した女は、卒業したら、さっさとお見合いして、医者と結婚しちゃいました」

それから高見は、

「あした大阪に行きます。あさって、妹の結婚式なんです」

そう言ったあと、少し間を置き、

「ほんとに、前払いして下さるんですか？」

と訊《き》いた。

「ええ、ほんとよ。その件でお電話したんですから」

「助かります。あした、いただけたら、もっと助かるんですけど」

妹の結婚式のお祝いを買う金がなくて困っていたのだと、高見は照れ臭そうに言った。

その高見のひとことは、思わず典子の顔をくもらせた。多くはないとはいえ、いちおうちゃんと給料をもらっていたのだし、ひとり身なのだから、妹の結婚祝いを買う金に不自由しているということが不審だったのである。

「そんなにお金に困ってるの？」

典子は、高見が気を悪くしないかと心配したが、言葉は自然にこぼれ出ていた。

「個展の話があるまで、酒と博打《ばくち》に狂ってたんです」

と高見も素直な口調で答えた。

「だから借金だらけで。退職金は全部、その返済で消えちゃいました」

「私、前払いするの、やめる……」

典子は、半分はからかいで、けれども半分は本気で言った。せっかく前払いしてあげても、たちまち酒と博打で使い果たすのではないかと懸念したのだった。それで、自分の心配を高見に言った。

「酒はともかく、もう博打はやりません。誓います。ほんとうにもうこりごりですよ」

「博打って、どんな博打に凝《こ》ってたの？」

「馬です。競馬。自分のことさえよく判らないのに、馬のことが判る筈《はず》ありませんよ。利子のつく金を借りなかったのが、せめてもの救いです」

「ほんとに誓える？」

「誓います。天地神明にかけて」

その言い方が面白くて、典子はくすっと笑い、少し残っていた夜食を口に入れた。

「何か食べてるんですか？」

と高見が訊いた。

「フォアグラとうずらのパイ皮包み。店の料理長が、夜食にって取っといてくれたの」

「うへェ、贅沢《ぜいたく》な夜食だなァ」

典子が笑うと、高見も一緒に笑った。典子は、どこで金を渡そうかと考えながら、

「ちょっと、待っててね。電話代は私持ちやから、かめへんでしょう？」

そう言って大急ぎで水割りを作り、グラスを枕元《まくらもと》に置き、電話機をベッドの上に移した。そして、ひと口飲んで、再び受話機を耳にあてがった。大きなよろい戸の向こうから、かすかに虫の声が聞こえた。

「あっ、ウィスキーの水割りを飲んでるでしょう」

と高見は言った。

「なんで判るの？」

「氷がグラスに当たる音がしたから。贅沢だなァ。フォアグラを肴《さかな》に上等のスコッチか。ちょっと待ってて下さい。いいでしょう？　電話代はそっち持ちなんだから」

なんかおかしな理屈だなと思いながら、典子は微笑《ほほえ》んで、スコッチの水割りを飲ん

だ。

「お待たせしました。えーと、ぼくのグラスには焼酎《しょうちゅう》のお湯割り。肴はスーパーで十本三百二十五円の超特価品だったチクワです。この違いってのは、もうほとんど不条理に近い差別ですよ」

あちちという高見の声で、典子は身をよじって笑った。

「ぼくはなぜ酒を飲むか。それは、人はなぜ酒を飲むかという問題とは次元が違うんです」

高見の焼酎をすする音が聞こえた。

「へえ、どんなふうに違うの？」

「ぼくはただ酔っぱらいたいから飲む。でも、人間の大半は、幻想とか、うさ晴らしとか、寝るために飲むんです。ぼくは何も求めない。ただ酔っぱらうのみ」

「あんまり変われへんと思うけど……」

「結果的にはね」

典子と高見は受話機をとおして笑い合った。

「私、お客も従業員も帰って、ひとりっきりになると、もう疲れてぐったりしてしまうの。いやなことがいっぱいあるから。私の場合は寝るためやし、うさ晴らしやし、幻想のためやし……」

「どんな幻想です？」

その高見の問いで、典子は目が熱っぽくうるんできた。血潮が、ふいに淫《みだ》らな水の膜と化して典子の目にへばりついた。

「すみません。ちょっと調子に乗ったかな。お気を悪くなさらないで下さい。もう切ります」

と高見は言った。

「どうして？」

「いや、ほんとに調子に乗ったんです。まだ酔ってもいないのに」

「どっちが、相手をお酒の肴《さかな》にしてるのかしら。私みたいね。夜中に電話して、お酒を飲み始めたのは、私のほうやから」

金は午後一時に、オリエンタル・ホテルのロビーで渡す。典子はそう言って電話を切ろうとした。すると高見は、

「切らないで下さい」

と言った。

「ぼくは、酒の肴に、なかなか適してる人間です。大学時代に、よく友だちから言わ

れました。だから、学生のときは酒に不自由しませんでした。みんな、飲んでて盛りあがらなくなると、ぼくを呼ぶんです。といって、ぼくは無理に漫才をやるわけじゃないんですけど、つまり、人徳ってやつなんです」

「自分で人徳なんて、うぬぼれてるわ」

典子は笑いながら言った。

「友だちなんか、ほんとはいないくせに」

こんどは高見が、

「どうして、そう思うんですか？」

と訊《き》いた。

「友だちがいっぱいいる人に、いい絵なんか描かれへんわ」

「だから、ぼくには、いい絵が描けないんです」

「怒った？」

「いいえ」

「嘘《うそ》、怒ったくせに」

「甲斐さんは、ぼくの絵をすごく賞《ほ》めてくれますね」

どこかしんみりした口調で高見は言った。典子は、自分の目の熱を、危うく何かに

託して表現しそうになり、
「じゃあ、あした、お昼の一時に」
と言って、電話を切った。

車のラジオで、大阪は正午に摂氏三十八・二度を記録し、何十年ぶりかの猛暑であるということを聞くなり、典子はFMの音楽番組に変えた。神戸の中心地も、おそらくそれに近い温度で、撒水車《さんすい》のまく水は、アスファルト道に落ちると、たちまち乾いていった。

典子は銀行で金をおろし、オリエンタル・ホテルの駐車場に車を入れようとしたが満車だったので、仕方なく、一方通行の路地を右に曲がったり左に曲がったりして、私営の駐車場をやっとみつけると、照り返しの強い道を小走りでホテルへ急いだ。約束の一時に、二十分近く遅れている。

高見雅道は、ロビーの中央に立ち、短くなった煙草を指に挟《はさ》んだまま、少し顔をしかめて、ホテルの外にじっと視線を注いでいた。典子が傍に近づいても気づかない様子で、ときおり、ふうんとひとり納得したように鼻を鳴らしている。

「何を見てるの？」

伸ばしているのではなく、無精で伸びてしまった高見の長い髪は、あちこちに天然のウェーブがかかり、それは形良く波打っている部分と寝癖みたいにはねているところとがあった。高見は、ホテルのロビーから見える高層ビルの一点を指差し、

「ほら、あの右から二つ目の窓に立ってる人がいるでしょう？」

と言った。典子もつられて高見の横に並び、高見の言う場所を捜した。

「眼鏡をかけた若い男が、ほら、じっと立ってて、その隣に、もうひとり、太った男が坐《すわ》ってる……。あの薄茶色のビルですよ」

典子は、光の反射するガラス窓がまぶしくて、高見の見ているものが何であるのか判るのに二、三分かかった。

「あの人が、どうしたの？」

「もう一時間以上も説教されてるんですよ、あの太った上役に。たぶん上役で、若いほうが、新米でしょうね。頭ばっかりさげて……。上役は椅子《いす》にふんぞりかえって、気分良さそうに机を叩《たた》いてる。もう一時間以上もですよ。ぼくには、どっちの真似《まね》も出来ないなァ」

「一時間以上もって、そしたら高見さんも、ここに一時間以上も立ったまま、あの二人を見てたの？」

高見は、やっと典子と向かい合い、

「十二時過ぎに着いちゃったんです。外は暑いし、涼しいロビーでまってようと思ったら、あの悲惨な光景を目にしちゃって」

典子はあきれて、高見を見つめた。

「そうやって、スペインのプラド美術館で、〈愉楽の園〉を観《み》てたのね。名画に穴をあけてきたんと違う？」

高見は苦笑し、あらたまって、

「お久し振りです。きょうはご無理をお願いして申し訳ありませんでした」

と挨拶《あいさつ》した。無理を頼まれた覚えはなかったが、典子は、

「どういたしまして」

と応じ返し、コーヒーショップへ誘った。

典子は紅茶とサンドウィッチを註文し、高見は温かいミルクを頼んだ。

「この暑いのに、ホット・ミルク？」

「電話のあと、ひたすら飲みつづけてたんです。なんだか気がたかぶっちゃって。幾ら焼酎《しょうちゅう》の目醒《めざ》めがいいったって、やっぱり飲み過ぎたら二日酔いになりますねェ。頭がふらふらしてますよ」

高見はそう言って、親指で、こめかみとか目の上あたりをしきりに揉《も》んだ。金の入った銀行の袋を、典子はテーブルに置いたが、なんだか気がたかぶっちゃってという高見の言葉で、典子の気はたかぶった。

「はい、前払い金。ちょっと多すぎたかなと思って後悔してるの」

典子は、微笑して言った。袋の厚さで、高見は驚いた顔をし、

「これ、一万円札ばっかりですか？」

と訊《き》いた。

「どうぞ、おあらためになって」

「いや、あらためなくても、多すぎるってことは判りますよ」

紙袋を持ったまま、高見は典子を見つめた。

「絵具代にも、事欠いてるんでしょう？」

「でも多すぎます」

「じゃあ、返してちょうだい。全部……」

「全部ですか……。それは困るなァ」

「だったら、受け取っといたら？」

典子は、ここ数日考えつづけて来たことを口にした。

「毎月一点、絵を描いてもらうの。私、高見雅道っていう、海のものとも山のものとも判らない絵描きさんの作品のコレクターになるわ。私はそう決めたんやけど、高見さんのお考えはどうかしら」

「ぼくの絵の収集……？　ただのガラクタになって物置に放り込んどく確率は九十パーセントぐらいですよ」

「残りの十パーセントに賭《か》けるの。あとで画商が泣いて悔《くや》しがるのを楽しみに。何年かたったら、私、大儲《おおもう》けするの」

「本気でおっしゃってるんですか？」

「本気よ。私、これでも凄腕《すごうで》の商売人なのよ。私、きっと大儲けするわ」

「甲斐さんは、日本の画壇のことをご存知ないんです。それは無茶ですよ」

「無茶をしてみたいの……」

それきり二人は口をつぐんだ。典子はサンドウィッチを頬張《ほおば》り、高見は熱いミルクをすすっていた。典子は、物欲しげで、はしたない言い方にならないためには、どんな表情や口調を使ったらいいのか考えた。けれども、高見のほうから口を開くまで典子は黙っていた。彼女は、どうして電話のあと、気がたかぶってしまったのかを訊きたかったのである。

「ぼくにとったら、喉《のど》から手が出るくらい、ありがたいお話ですが、それは、やっぱりおやめになったほうがいいと思います」

初めてアヴィニョンに訪れたときよりも痩《や》せたように思える高見の頬に赤味がさしていた。

またしばらく沈黙があった。高見はその間、典子から視線をそらさなかった。

「どうして、無茶をしてみたいんですか？」

と高見は訊いた。

「私、夫が死んでから、ほんとに一所懸命働いてきたの。フランス料理のことなんて、なんにも知らんかったたし、人の使い方も、お客さまへの接し方も、ぜんぜん判れへんままにアヴィニョンの跡を継いだから。一日も気の休まる日なんてなかったわ。やっと、料理のことも覚えて、人の使い方も、お客さまへの接し方も、自然にやれるようになったら、こんどは思いもかけへん問題が起こってきて……。友だちによく誘われるけど、テニスクラブに入会してテニスを習う気もないし、それに、私には子供がいないし、ひとつぐらい、私にも道楽があっても、罰は当たれへんと思う……」

典子は、最初はしどろもどろに、しかし中途からは落ち着きを取り戻して、高見を見つめ返しながら、静かな口調で言った。

「得をするのは、ぼくばっかりです。ぼくはもう新しい勤め先を捜さなくてもいい。絵だけ描いてればいい」

妙に憮然《ぶぜん》として高見は言った。典子は、ああやっぱり、物欲しそうな、はしたないことを、結果的には言ってしまったと思い、恥ずかしさでうなだれた。高見は伝票を持って立ちあがり、

「きょうは、突然金持になったから、ぼくが払います」

そう言った。そして、これから妹の結婚祝いの品を買わなければならないのだが、どんなものを選んだらいいのか判らないので、買物につきあっていただけないかと言った。

「甲斐さんは、結婚なさったとき、お祝いにもらったものの中で、何が一番嬉《うれ》しかったですか？」

「まな板」

「えっ？　まな板？　まな板って、あの、料理をするときに使う？」

「伯父《おじ》が、丹波《たんば》で小学校の教頭をしてたの。停年で辞《や》めて、体が弱かったから盆栽いじりで退屈をまぎらわしてたわ。私の結婚式の日取りが決まって二ヵ月ぐらいたったころ、大きなまな板を持って、ふうふう言いながら来てくれたの。何ていう種類の樹

かは訊けへんかったけど、樹齢百年の樹を輪切りにして、皮だけ取った直径六十センチ、厚さ五センチのまな板。私、それを見て笑ったの。そんなまな板、見たことなかったし、重くて、動かすのがひと苦労やったから。そやけど、台所に置き場所を定めて使ってみたら、凄く使いやすくて重宝やったの。三代使えるぞって伯父さんは嬉しそうに言うてた。そのまな板が一番嬉しかったわ」

「伯父さんが、自分で作ったんですか？」

「そうよ。裏に結婚式の日付まで彫ってあったの」

「だけど、そんなまな板、どこを捜したって売ってないもんなァ……」

二人は、ホテルを出て、駐車場へと歩いて行った。

「この暑さは異常だなァ」

車の排気ガスに目をしかめて高見は言った。高見は典子の車の助手席に坐《すわ》ると、

「まな板の次に嬉しかったのは何ですか？」

と訊いた。

「お金」

「なるほど。現ナマか」

三ノ宮センター街の近くにある知り合いの喫茶店主に頼んで、車をあずかってもら

うと、典子は高見と並んで、センター街を歩き始めた。

「ティーポットのセットなんか、どうですかね」

「あれは、何人もの人から貰《もら》って、置き場所に困るだけなの」

「ふうん、そういうもんですか。まな板、ないかなァ。樹齢百年のでっかいまな板」

大きな中華鍋《ちゅうかなべ》はどうかと、典子は提案した。

「あれも重宝なのよ。中華料理以外にも使えて」

「そうですか。じゃあ、それに決めた」

「香港《ホンコン》製の上等の中華鍋、私にだったら安く売ってくれる店を知ってるわ」

黄健明貿易公司の店は元町にあった。買う物が決まったので、二人の歩調は早くなったが、典子はふと足を停めた。自分に好意を持っているという黄康順と、いまは顔を合わしたくなかったのである。しかし、店を教えて、高見ひとりで訪れても、値段は引いてくれないだろう。典子は赤電話で黄の店に電話をかけた。従業員が出て来たが、典子からだと知ると、すぐに黄康順に代わった。典子は、わけを話し、使いやすい中華鍋を選んでくれないかと頼んだ。

「結婚式のお祝いにするんですか？」

黄康順は訊いた。

「ええ。きれいな箱に入れて、リボンもかけて下さい。それから、お値段のほうも」

「判ってますよ。うちは、儲《もう》けなしにさせていただきます」

そして黄康順は、

「典子さんも一緒にいらっしゃいますか？」

と訊いた。

「私、急用が出来て、一緒に行けないんです。その人にお店の場所を教えます。高見さんといいますの。よろしくお願いします」

典子は、一軒の喫茶店を指差し、あそこで待っていると高見に言った。

「一緒に行ってくれないんですか？」

高見は不満そうに言って、三ノ宮センター街を元町通りへと歩いて行った。

丁寧《ていねい》にリボンがかけられた大きな箱をかかえて、典子の待つ喫茶店に入って来ると、

「店のご主人、三代使えますって言ってましたよ」

と笑ったあと、

「甲斐さんが、なぜあの店に行かなかったのか判りましたよ」

そう小声で言った。

「あのご主人、甲斐さんを好きなんだ。そうでしょう?」

典子があいまいに微笑《ほほえ》むと、高見は髪をかきあげ、

「ぼくもです」

と言った。

「だから、このお金はお返しします。いや、十万円だけいただいときます。プロが使うような中華鍋を買いましたし……、三万円でした。その分を差し引いて、七万円、お言葉に甘えます」

高見は、銀行の紙袋から、一万円札を七枚取り出し、残りを典子に渡そうとした。典子は何か言おうとした。しかし高見は、むきになって言葉をつづけ、典子に喋《しゃべ》らせようとしなかった。

「こんなにたくさんの前払い金を貰《もら》ったから、甲斐さんを好きだと言ったんじゃありません。毎月、絵を買って下さることも、お断りします。昼間、汗水流して働いて、夜、絵を描きます。そうするのが本当だと思うんです。ぼくは、ぼくの気持を、金につられてというふうな形にしてしまいたくありませんから」

「あのう」

「最初、甲斐さんのお店でお逢《あ》いしたときは、甲斐さんを独身だなんて思ってなかっ

たんです。でも、帰りの新幹線の中で、甲斐さんのことが心にちらついて仕方ありませんでした。その夜、東京駅に迎えに行って、ご主人が四年前に亡くなられたって知っても、きっといまは再婚なさってるんだろうなって思いました。それでも、ぼくは、四六時中、甲斐さんのことばかり考えてました。ご主人が亡くなられて以後、再婚はなさっていないって判ったのは、いつごろなのか忘れました。甲斐さんを好きなのは、ぼくの勝手です。ぼくは」

そこでふいに、高見雅道は口を閉ざした。

「ぼくは……。そのあとは何？」

典子はそう訊いてみた。自分は、こんなとき、どんな言葉を返せばいいのだろうと思いながら。

「ぼくは、妹の結婚式が済んだら、その夜の新幹線で帰ります。披露宴《ひろうえん》は五時ごろ終わって、少し親父やお袋の相手をして……。神戸まで出て来ますから、あした、もう一度、逢っていただけませんか」

「私には仕事があります。店は十一時までですから」

「ああ、そうか。そうでしたね」

典子は金の入った紙袋を、高見のほうに押し戻した。思いがけない陶酔が、ここで毅然《きぜん》としなければならないと自分自身に言い聞かせている典子の心を空白にしていった。

「このお金を受け取れへんかったら、絵を毎月一点描いてくれへんかったら、私、もう高見さんとは逢えへんわ」

高見は、まばたきもせず、典子を見つめた。

「あした、アヴィニョンに行きます。フォアグラとうずらのパイ皮包みを食べます」

と彼はつぶやいた。典子は、長い微笑《ほほえ》みを高見に注ぎつづけた。そして言った。

「お店に来たら、いや」

「どうしてですか？」

「働いてるところを見られるのは、いややから」

高見は、大事そうに金をズボンのポケットにしまった。

「じゃあ、日曜日までいます。日曜日はお休みでしょう？」

典子の表情の翳《かげ》を一点も見逃さないような目で、高見は言った。

「八月は、私の店も暇よ。ことしの夏は特別暑いから、みんな海や山のほうに足が向くの。きょうはお医者さんたちのグループが十六人予約なさってるし、他にも五組予約客があって忙しいの。あしたも、おんなじくらいの予約があるわ。そやけど、土曜日の予約はゼロ。都心から離れたところへ遊びに行くんでしょうね」

「もし、土曜日、お店を早く閉めたら、少しだけぼくと逢ってくれませんか。そしたら、ぼくは土曜日の最終の新幹線で帰ります」

「お店を早く閉めたことなんかないわ。そんなに帰りたいのなら、私に逢わずに、さっさと帰ったらええでしょう？」

典子は、幸福と多少の恐れとがないまぜになっている心が表情にあらわれていないだろうかと思いつつ言った。

「だって、早く絵を仕上げたいんです。だけど、逢いたいし……」

「ききわけのない子供みたい。絵は、やっと描きだしたばっかりで、キャンヴァスには線が這《は》ってるだけやのに」

「いじわるですね。それだったら、ぼくは今夜、客としてアヴィニョンに行きます。金は、前払いとして貰ったやつがある」

「あかん。お店には来たらいややって言うてるでしょう？」

「フォアグラとうずらのパイ皮包みを、ぼくは食べたいんです。上等のワインを飲みながら」

「メニューは毎日変わるの。いいフォアグラが手に入らなかったら、うちの料理長は三年でも作れへんわ。きょうは、フォアグラの料理はなし。おあいにくさま」

「じゃあ、日曜日まで待ちます」

高見は、両方の掌を拡げて、典子に見せた。冷房が強すぎて寒いくらいの喫茶店で、高見の掌は汗で濡《ぬ》れていた。典子も同じだったが、彼女はそれを知られまいとして、テーブルの下でそっとハンカチを使った。

「私、逢《あ》うなんて言うてないわ」

と典子は言ってみたが、高見の好意を受け入れている微笑を消すことは出来なかった。

「いや、逢うって言いました」

「言うてへんわ」

「言いました。ぼくは聞いたんです。土曜日にお電話します」

高見は喫茶店から出て行った。典子は、放心して坐《すわ》っていたが、高見が金をズボンのうしろのポケットにしまったことを思い出し、慌ててあとを追った。元町通りから三ノ宮センター街へとつながるあたりで追いつくと、

「お金、そんなところに入れてたら、落とすか盗《と》られるかするわ」

典子は、男性用のショルダーバッグを無理矢理買わせると、高見が金をちゃんとそ

の中にしまうのを見届けてから別れた。

マイクとジルに逢い、それから松木精兵衛の本意とまではいかないまでも、幾分かの本音を訊《き》きだそうという気力は萎《な》えてしまい、典子は車を神戸港に向けて走らせた。交際中に、夫から愛情を告げられた際とは異質の、もっと芯《しん》に近い部分での沸騰を感じた。

埠頭《ふとう》には外国の貨物船が停泊していた。典子は車から降り、湯のように見える汚れた海の横を歩いた。アヴィニョンの二階に作った自分の部屋を脳裏に描いた。よろい戸からそよぎ込む風に揺れるカーテン。古いドレッサーと西洋簞笥《だんす》。ベッド。ブナの木を張りつめた天井。オリーブ色を主体として、中世ヨーロッパの貴族の家紋をちりばめた暗い壁紙……。私は、高見とあの部屋で逢いたい。典子は埠頭の端まで行き、片手で目の上にひさしを作って、そう思った。なぜか、ボッシュの描いた〈愉楽の園〉が心にちらついて仕方なかった。

「あなたを見てると、なんだか涼しくなりますよ」

その声で、典子は驚いて振り返った。一面識もない中年の男が、色の薄いサングラスをかけて立っていた。

「はっ？」

典子は思わず訊き返した。

「この暑さの中で、涼しさを感じさせる女性なんだな」

男はひどくなれなれしかった。逃げても逃げても、男は追って来た。

「三十分で結構です。いや、十五分。冷たい珈琲《コーヒー》でもつきあって下さい」

「何のためにですの？」

典子は車に乗り、ドアを閉めた。

「ただ冷たい珈琲を飲むために。ねっ、いいじゃないですか。ほんの十五分ぐらい」

と男は言った。典子は車を急発進させた。港の作業車と危うくぶつかりそうになり、ランニングシャツ一枚の青年に怒鳴られた。おそらく、女を漁《あさ》るのを半分仕事にしているような男に声をかけられなかったら、典子はそのままアヴィニョンに帰ってしまうところであった。彼女は、やはり松木精兵衛に逢わなければならぬと思った。前もって連絡するよりも、急に松木宝飾店に出向くほうがいい。とっさにそう判断して、典子は、もう一度、知り合いの喫茶店主に車をあずかってもらうと、汗を鎮《しず》めるのと、化粧を直すために、ひとまず三ノ宮センター街の、松木宝飾店のショーウィンドーが見える喫茶店に入った。

黄健明の話によれば、松木精兵衛も、荒木夫妻に手を焼いている。典子はまず水野と松木夫人とのことを詫《わ》び、松木精兵衛の出方を見ようと考えた。

典子は、上等のコニャックを買い、松木宝飾店の自動扉の前に立った。奥の商談用のソファに、後藤と裕福そうな女性が話し込んでいた。典子は顔見知りの従業員に、

「社長さんはいらっしゃいます？　暑中見舞いにうかがいましたの」

と言った。後藤が表情をこわばらせて立ちあがろうとしたが、上客らしい女性が、テーブルに並べたエメラルドの指輪のひとつについて質問したので、応対せざるを得なかった。

従業員は社長室に電話をかけた。松木精兵衛が自分と逢うか逢わないかは、五分五分だと典子は予想していたが、従業員は意外にあっさりと、

「どうぞ」

そう言って、二階の社長室に案内した。後藤が、階段を昇って行く典子を、客に気づかれないよう目で追っていた。その後藤の目は尋常ではなかったので、典子は、あるいはこの後藤こそ、荒木夫妻の有能なブレーンではなかろうかと詮索《せんさく》したほどである。

「久しぶりやなァ。わざわざアヴィニョンのマダムが、この暑い中を来てくれるっちゅうのは、目当ての指輪でもあって、それを相当値引きせえという魂胆かな」

て、一本も毛のない頭をおしぼりで拭《ふ》き、松木精兵衛は頬骨《ほおぼね》の突き出た顔をほころばせて、典子にソファに坐《すわ》るよう勧めた。

「えっ、お願いしたら値引きして下さいますの？　それだったら、欲しい指輪がひとつありますの」

典子は、つまらないものですがと言って、コニャックの入った箱を差し出した。松木は扇子《せんす》で顔をあおぎながら笑った。

「アヴィニョンの主人として、とりあえずお詫《わ》びに参上いたしました」

典子は、かしこまって言った。

「マダムが謝る問題やない。つまらん女を後添いにしたわしがアホや。恥ずかしいこっちゃ」

「私がすぐに気づいたら、大きな問題にはなりませんでしたのに」

「もうその話はやめよう。お互い、面白うない」

「でも、私の店をつぶしたりしないで下さい。仇討《あだう》ちにしたら度が過ぎますわ」

松木は笑い、

「また何を言いだすんや。なんでわしがアヴィニョンをつぶさなあかんのや。そんなことをしたら、わしは恥の上塗りやないか」

と言った。典子は、人払いを頼んだ。松木は一瞬怪訝《けげん》な顔をしたが、冷たい麦茶を運んで来た女秘書に、

「しばらく、この部屋の近くに人を近づけんようにしてくれ。これからアヴィニョンのマダムを口説くんやからな」

そう冗談めかして言った。女秘書も出て行き、近くに人の気配のないのを確かめると、典子は麦茶をひとくち飲み、松木から目をそらさないまま、

「私の店を欲しがってる方がいらっしゃいますの。世間の噂《うわさ》ですと、それは松木さんらしいんです」

と言った。

「世間の噂……？　世間というても狭い。誰かな？」

「さあ、誰なのか、私は存じませんの。ただ、確かに松木さんのお名前があがっておりますので」

「迷惑な噂や。わしは、うまいものは食べたいが、アヴィニョンを手に入れようなんて思わん。それよりも、わしの店を一軒増やすほうが大事やないか」

松木は扇子の手を停めた。

どうせ腹芸では太刀打ち出来ないのだから、女の自分は、女のやり方で行くしかな

い。典子はそう思った。けれども、女のやり方とはいったい何であるかは判らなかった。

「噂によりますと、松木さんとても近い縁戚《えんせき》関係にある荒木美沙という方が、アヴィニョンを手に入れたがってるってことなんです。その方は、もうブラウン商会の土地と建物を購入するために、ブラウンさんの息子さんと交渉なさってます」

松木の表情に変化はなかった。彼は、再び扇子を使い、

「荒木美沙？　わしと縁戚関係にある？　そんな名前は聞いたこともないで」

と言った。

「私は詳しいことは存じませんけど、松木宝飾店さんは、その荒木美沙って女性に骨までしゃぶられるだろうって噂なんです。嘘《うそ》にしたら、随分手が込んでますし、具体的にひとりの女性の名前があがってるわけですから、私としては、失礼とは存じましたが、松木さんに直接お目にかかって、お話しする以外ないと思いましたの。だから、お人払いをお願いしたんです」

「根も葉もない悪い噂やな。その荒木なんとかっちゅう女が、あんたの店を手に入れたがってるというのが本当でも、わしとは何の関係もない。人払いをして話をするほどの大事な問題やない」

そろそろ引き取ってくれ、そんな素振りで松木精兵衛は立ちあがりかけた。

「荒木美沙さんが、松木さんのお嬢さんでもですか？」

と典子は訊《き》いた。浮かしかけた体を元に戻し、扇子を閉じると、松木はガラスの容器に入れて飾ってある王冠の形をした大きなサボテンを指差した。

「名前は忘れたが、五十年にいっぺん花が咲くサボテンやそうでな。店を改築したときに祝いにもろた。ところが、このサボテンがいったい何歳なのか聞き忘れて、あと何年で花が咲くのか判らん。あしたかも判らんし、三十年後かも判らん。間抜けな話や。わしは枯らさんように、一所懸命育ててる」

そう言って大声で笑った。そして、

「わしにはわしの事情がある」

と言った。

「でも、私は私の店を、泥棒に盗まれたくありませんわ。松木さんのお嬢さんとそのご主人のやり方は、こそ泥じゃなく、強盗です。松木さんも、そんな人間に、骨どころか、皮一枚しゃぶられたくない筈《はず》だと思いますけど」

「わしの長男を知っとるやろ？」

と松木は声をひそめて言った。

「はい。クリスマスの夜は、必ずご一家でアヴィニョンにお越しになります」

「あれは、わしが二十歳のときの子や。あいつも二十二で女房をもろて、すぐに子供が出来た。女で、ことし十九になった」

「佐知子さまですね。とってもおきれいになられて」

すると松木は、サボテンに視線を移し、

「荒木幸雄は、あの佐知子を無茶苦茶にしやがった」

と言った。

「無茶苦茶に……？」

典子は眉《まゆ》を寄せ、松木の話に耳を傾けた。

「小娘をもてあそぶぐらい、あの荒木幸雄には朝飯前や。佐知子は、いま東京の、荒木のマンションで女房気取りで暮らしてる」

「荒木幸雄には、美沙って奥さんがいるのにですか？」

「美沙と別れて結婚しようって約束してるそうや。しかし荒木幸雄と美沙は、わしから金を絞り取るために、計画的に、佐知子に目をつけたんや。あれは、どっちも人間やないで」

「いま、荒木夫妻は神戸で暮らしてますわ。なんで佐知子さんを取り返しに行かないんですか？」

　と典子は訊《き》いた。

「大麻の味も、男の味も、骨の髄まで教えた。もし、勝手に連れ戻したら、松木宝飾店の社長の孫娘の恥ずかしい写真が、週刊誌に載《の》るぞっちゅうのが、荒木の材料や。荒木は佐知子を強姦《ごうかん》したんやない。佐知子は荒木に口説かれて、自分で家を飛び出し、荒木のマンションに行ったんや。これは事実やからな。孫は五人いてるが、佐知子以外はみんな男や。しかもわしの長男にとって佐知子はひとり娘なんや。穏便に、佐知子を返してもらうしかない。長男夫婦は、わしを恨んでる。美沙なんて子供を作ったこのわしを恨んでる。わしは佐知子を取り戻すために、あいつらの要求をきくしかない」

「手も足も出ないんですか？」

「佐知子は本気で荒木に惚《ほ》れてるうえに、男が女房と離婚して、自分と結婚してくれると信じ込んでるんやからな。わしは強硬手段に出たいが、後藤はそれは危険やと停めよった。わしは荒木幸雄を殺したいくらいやが、松木宝飾店をつぶすわけにはいかん。後藤が、いまいろいろと策を練ってるところや」

　典子は立ちあがり、足音を忍ばせて社長室のドアをあけた。後藤が盗み聞きしてい

ないかどうかを確かめたのである。廊下には誰もいなかった。彼女はソファに戻り、

「荒木幸雄と美沙が、後藤さんを手なずけてしまってるってことは考えられませんか」

と言った。

「後藤が？」

典子は、小柴から聞いた話を松木精兵衛に話して聞かせた。

「うちの支配人が、どうして松木さんにお嬢さんがいて、しかもそのお嬢さんに脅されてるってことを知ってたのか、私は、不思議だったんです。葉山が知る筈《はず》がありませんもの。奥さまの一件は、後藤さんが仕組んで、葉山が一役買ったんです。葉山は、後藤さんから聞いたとしか考えられませんわ。じゃあ、そんな秘密の出来事を、なぜ後藤さんは葉山なんかに教えたんでしょう。おかしいと思いませんか」

松木精兵衛は、閉じた扇子《せんす》でゆっくり肩を叩《たた》いていたが、

「わしとあんたとで、軍事同盟を結ぶか」

と言った。

「軍事同盟？」

典子は、たぶん間違いないであろうが、松木精兵衛の孫娘の件を、念のために興信

所で調査させておかなければならぬと考えながら、

「どんな同盟でしょう。癌《がん》みたいな存在やとしても、荒木美沙さんは、松木さんの血を分けた子供なんですもの。ただ憎しみ以外感じていないなんて筈はありませんでしょう？」

と訊《き》いた。

「いや、ひとかけらの愛情も同情もない。さっきも言うたように、あれは人間やない」

松木精兵衛は断固とした口調で言いきった。そして、あまり長く話し込んでいるのも都合が悪いだろう、追って、こちらから連絡すると囁《ささや》き、執務机のインターホンで、

「お帰りやぞ」

そう秘書に告げた。典子が店内に降りると、後藤はまだ商談をつづけていたが、典子に軽く会釈した。典子も無言で会釈を返し、三ノ宮センター街に出て、アヴィニョンに電話をかけた。加賀に、松木との話のあらましを伝え、興信所の者に至急調査を依頼するよう言った。

「松木佐知子の件、それに、後藤さんの動きを調べさせてちょうだい」

「マダムは、まだこれからどこかに行かれるんですか？　メニューの打ち合わせをしたいんですが」

と加賀は言った。

「黄さんのお宅に行ってくるわ。私と松木さんとの軍事同盟について、黄さんの意見を聞いてみたいの」

「判りました。店のほうは、私と水野とで何とかしておきます。マダムがいないと機嫌の悪い客が、きょうは三人来るんですがね。店に花がないって叱《しか》られるんですよ」

「胡蝶蘭《こちょうらん》があるでしょう？」

すると加賀は、

「あの胡蝶蘭の贈り主から、予約の電話がありました。さっき水野が受けたんですが、土曜日の八時に三名様です」

「そう、加賀さん、こんどはどんないたずらをするの？」

「三ヵ月後に自然死するような薬があったら、一服盛ろうと思ってるんですけど」

「黄さんに、そんな毒薬はないかって訊いとくわ」

典子は電話を切り、次に黄健明の自宅のダイヤルを廻《まわ》した。芳梅が出てくるものと思っていたが、受話機を取ったのは黄健明であった。

「ご相談に乗っていただきたいんです。いまからおうかがいしてもよろしいでしょうか」

「康順とのことなら嬉《うれ》しいけどね」

そう黄健明は言った。

車を六甲のほうに走らせながら、荒木夫妻と、誰かもうひとりが土曜日に来るのかと思った。典子は、土曜日は、体の調子が悪いとかの口実を作って、早く店を閉め、高見と逢《あ》いたかったのである。彼女は、あたかも高見との恋のために、アヴィニョンを守ろうとしているような気がしてきた。

そして典子は、自分との恋によって高見が秀《すぐ》れた画家に成長することを願ったのである。そのためには、アヴィニョンを守らなければならぬ。ひとりの若い絵描きのうしろだてとして、自分はさらに経済力をつけなければならぬ。その思いは、突如、これまでのアヴィニョンの経営者としての自覚を一変させたのだった。

黄健明は、笑顔で典子を迎え、チワワの雌を抱いてソファに腰かけた。雄のほうが焼きもちを焼いて黄健明の痛い足先に絡みついたので、典子が抱いてやった。

松木精兵衛との話の内容に耳を傾けてから、

「日本は、軍事同盟を結んで、あまり成功したことがないね」

と黄健明は笑った。

「しかし、その孫娘のことは本当だろう。なるほど、荒木という夫婦は、そういう手口で来たのか」

それから、しばらく考えたのち、黄健明は、

「典ちゃんの勘は、たぶん当たってるだろうね。後藤は怪しい。だけど、あの後藤も海千山千の男だ。そう簡単にしっぽは出さないよ」

と言った。

「梅ちゃんは？」

典子は広いリビングルームや台所を見廻《みまわ》して訊《き》いた。

「康順の店に行ったよ。事務員が夏休みをとってて、人手が足りないもんだから」

「私……」

言いかけて口ごもり、典子はチワワの頭を撫《な》でた。けれども、うやむやにしておくわけにはいかないと判断し、

「私、仕事に対する心構えを固めました。アヴィニョンの経営者として、生きていこうと思います」

そう言って黄健明の丸い穏やかな目を見つめた。

「再婚はしないってことかい？」

「仕事と家庭を両立させる自信がありません。仕事だけで、自分の持ってる力以上のものを使い果たしてしまいます」

黄健明は軽く頷《うなず》き、

「そうだね。アヴィニョンの女主人としては、従業員のことも考えなきゃいけない。世の中には、汚ならしいハイエナが多すぎるからね」

康順との縁談に関して、黄健明は、彼らしい言葉でピリオドを打った。

「おとしいれるしかないだろう」

と黄健明は言った。

「おとしいれる？」

「その荒木って夫婦をね。それは松木にやらせるのが賢明なやり方だ。しかるべき人間に、マッチポンプの役をやらせる。荒木に犯罪をさせて、七、八年、刑務所に入ってもらうことだ。私のルートで、荒木幸雄を詳しく調べさせよう。香港《ホンコン》には友人が多い。どうせ、香港やマカオや、あのあたりで、麻薬にも手を染めてる筈《はず》だ」

黄健明は、典子に電話機を近づけてくれと頼んだ。

妙にいたたまれない気分で、典子は紫檀《したん》のついたての精巧な彫物や、玉の香炉《こうろ》とかを見ていた。黄健明は表情にこそ出さなかったが、典子と康順との縁談を、強く望んでいる。しかし、自分は康順の気持を聞かされて、そんなに日もたたないうちに、しかも正式に康順と話し合うこともなく断った。何か申し訳ない思いを抱いたまま、典子は黄健明がふいに中国語で話し始めた顔つきを見やった。ただ中国語というだけで、それが北京《ペキン》語なのか広東《カントン》語なのか、典子には判らなかった。黄健明は、声を低くし、話の途中でときおり考え込むように天井を見あげた。電話を切ると、黄健明は言った。

「なんと驚いたねェ。いまの電話の相手は、荒木美沙のことを知ってた。美沙は八年前から、ある筋の人間にはよく知られている。つまり、麻薬の運び屋だ。私とは縁もゆかりもない麻薬の世界だ。日本のジャーナリストが『香港マフィア』と称する組織があるが、いわばその下っ端として、香港から日本へ麻薬を運んでた。しかし、二年前にぷっつり辞《や》めた。女で、あの仕事に足を突っこむと、必ずしっぽをつかまれるまでつづけるものだが、引き際は見事だったそうだ。一週間後に、もっと詳しい情報が入るだろう。どうせ亭主のほうも、何かの名目で、香港と日本のあいだを行き来していた筈だ。これは私の勘だが、荒木美沙の仕事を陰で、補佐してたんじゃないかと思うね。彼等はらくをしてうまい汁を吸う方法を知ってる。その味は忘れられないものだ。だから、そこを利用することだ」

松木とは、向こうから連絡があるまで待つようにと黄健明は言った。

「秘密の博打場《ばくち》に出入りしてるのを、警察に通報しても、罰金程度で済んでしまうでしょう？」

「十年は、この世間から姿を消しといてもらわなくては困る。それも、頭脳戦でね」

そう言ってから、

「典ちゃん、好きな人が出来たね」

と黄健明は屈託のない笑顔を注いだ。このような大きな笑顔をだますことは出来ないと典子は思った。典子は、

「はい」

と答え、チワワをカーペットの上にそっと降ろした。

「私、これから何のために働きつづけるのか判らなかったんです。加賀さんは三年後に自分の店を持つ予定ですし、実家の両親も、甲斐家へのつとめは果たしたのだから、そろそろ自分の人生を考えたらどうかってせっつきます。つまり、口にはしないけど、再婚を勧めています」

「しかし、再婚をする気はない。アヴィニョンの主人であるかぎりは」

「はい」

「ところが誰かを好きになった」

「…………」

「典ちゃんの恋の相手を見てみたいもんだね。私は心配してないよ」

黄健明はそう言ってから、少し身を乗りだした。

「まさか妻子のある男じゃないだろうね。典ちゃんにかぎって、そんなことはないと思うが」

黄健明は、ときおり時計に目をやりながら訊《き》いた。電話を待っているような素振りであった。

「勿論《もちろん》。人を不幸にするような恋愛はしたくありません。したくなくても、してしまうのが女というものでしょうけど」

「それならいいんだ。康順も、そろそろ身を固めなくちゃいけない。私たちと同じ華僑《かきょう》で、タイで大きな薬品会社を経営してる男がいて、その末の娘との縁談があった。話をもちだしたとき、康順が典ちゃんのことを好きだって判ったんだ。タイに住む娘との縁談を進めることにするよ。ただ困ったことに、英語は達者だが、日本語はまったく出来ない」

電話が鳴った。

「香港からだよ」

黄建明は笑顔で囁《ささや》いた。中国語による電話は手短に終わった。黄健明は、メモ用紙にひとりの中国人の名前を書いた。（林玉徳）としるされたメモ用紙を典子に渡し、

「それは本名じゃない。来週の金曜日に日本に来る。私とは接触せず、荒木に近づくだろう。そして松木さんにもね。松木さんの軍事同盟が嘘《うそ》じゃなかったら、松木さんは、典ちゃんにこの林玉徳の出現を教える筈《はず》だ。もし嘘だったら、林玉徳という名は松木さんの口からは出ない。そう判断して間違いないだろう」

と言った。

「もし、この人の名前が出た場合は、私はどうしたらいいんですの？」

「松木さんと林玉徳さんにおまかせしますと言うだけでいいよ」

「出なかったら？」

「また相談しよう」

典子は礼を言って立ちあがり、

「お世話になるばっかりで、申し訳ありません」

と頭を下げた。

「義直くんのお父さんには、戦争中も、戦後の混乱の時代も、いろいろとお世話になった。私は恩を返さなければいけない」

黄健明はそう言って、玄関まで送ってくれた。

「ああ、そうそう、忘れるとこやった。加賀さんが、三ヵ月後に自然死するような毒薬はないか、黄さんに訊いてみて下さいって言ってました」

典子は笑いながら言ったのだが、黄健明は笑みを消し、真顔で答えた。

「あるよ。三ヵ月後か三年後か三十年後かは判らないが、悪人を滅ぼすものがある」

「あるんですか？」

「ある。天だよ。天が許さない。じつに不思議なことにね」

こんな例がある。再び柔和な笑みをたたえ、黄健明は玄関に立ったまま、そう前置きして話し始めた。痛風の痛みがやわらいだらしく、両足をちゃんとカーペットにつけていた。

「いま北京に住む私の友人だが、彼はまだ十七歳のときに、毛沢東の率いる八路軍《はちろぐん》に参加して長征の途についた。やがて、八路軍を側面から助ける新四軍《しんしぐん》に移り、通信兵として戦った。紅い旗が北京にもひるがえって、新しい時代が来た。彼は、新聞関係の仕事につき、四年も思いつづけてきた美しい女と結婚し、子供も生まれた。しかし、文化大革命が起こり、彼もやり玉にあげられて、少年たちにひきずり廻《まわ》された。彼は殺されはしなかったが、三年間、人民大会堂の窓拭《まどふ》きをさせられたんだ。毎日毎日ね。夏も冬も、一日も休むことなく、窓を拭かされつづけた。ある日、行方不明になっていた妻が、人民大会堂の正面玄関から出て来た。紅衛兵の幹部と腕を組んで……。彼は窓を拭きながら、何ヵ月も、自分の妻と紅衛兵の幹部が腕を組んで出て来るのを、見ていたそうだ。やがて、時代が大きく変わったとき、地位を利用して、好き放題なことをやっていたその幹部は北へ逃げた。逃げる途中、雷が落ちたんだよ」

「雷……？」

「そう、雷がその元紅衛兵の幹部の頭から足の先に抜けた。着ていた服は焼け、脳天には大きな穴があいていたそうだ」

「その、窓を拭いていた人は、いまどうしてらっしゃるんですか？」

「新しい妻を得て、幸福に暮らしてる」

「前の奥さんは？」

「彼は、どうなったのかは知らないと言う。知っているのかもしれないし、本当に知らないのかもしれない」

「天が許さない……。私、その言葉は真実やと思います。なんとなく」

典子は、疲れていたが、身内に昂《たか》ぶりを抱いて帰路についた。真冬の北京で、人民大会堂の窓拭きをさせられた男が、自分をそんなめにあわせた人間のもとに走った妻を見おろしている情景は、なぜか具体的な映像となって、典子の心に描かれ、いつまでも消えなかった。

アヴィニョンに帰り、典子は急いで服を着換え、調理場に入った。予約客は、まだ一組しか来ていなかった。

「オードブルは、オマール海老《えび》と温製帆立貝のムースリーヌ、それから、鯛《たい》と茸《きのこ》のシェリー酒風味。メインは、仔牛《こうし》のフィレ肉クレープ包みプルノーソース。デザートは、苺《いちご》のムースです」

加賀の白い帽子は額の汗で濡《ぬ》れていた。

「ねエ、土曜日はフォアグラの料理を出すの？」

加賀は不審な面持ちで、

「いいえ」

と答えた。メニューはすでに決まっているのに、どうしてそんなことを訊《き》くのだろうといった顔つきだった。

「土曜日、フォアグラとうずらのパイ皮包みに変えない？」

「きのう出したばっかりですよ」

「でも、いいフォアグラがあるうちに、出しといたほうがいいでしょう？」

典子は、なぜか高見が店に来そうな気がしていたのだった。

土曜日の予約客は、荒木夫妻と、その連れである十八、九歳の目鼻立ちの整った女性だけだった。日が落ちても、戸外は三十度近くある蒸し暑い日であった。一見《いちげん》の客が、二組入って来たきりで、アヴィニョンの客は、その日それ以上増えなかった。

メイン・ディッシュを水野が運んだあと、典子は荒木のテーブルに行き、

「先日は、素敵な胡蝶蘭《こちょうらん》をありがとうございました」

と言って、青磁の壺《つぼ》に活《い》けてある花を指差した。

「どういたしまして。家内のアイデアですよ。でも花が負けてます。いい壺ですね。まさかあんな凄《すご》い青磁の壺に活けられるとは思ってなかった。一本やられたって感じだなァって、いまも家内と話してたところです」

荒木幸雄はワイングラスを持ったまま、場慣れた口調で言った。

「他に適当な花壜《かびん》が見あたらなかったものですから」

そう典子は応じながら、連れの若い女を見た。自分の美しさを充分に知っているが、どことなく漂《ただよ》う崩れもまた美貌《びぼう》のアクセサリーに使っているふしがあった。

「私たちが、妹みたいに可愛がってる娘さんですのよ」

荒木美沙が、若い女をそう紹介してから、女と顔を見あわせて微笑《ほほえ》んだ。しかし典子は、女と荒木幸雄とのあいだに肉体のつながりがあり、それを荒木美沙も承知していることを見抜いていた。なんと気味の悪い夫婦であろう。典子は生理的というよりも、もっと底深い部分でそう感じた。いっときも早く三人のいるテーブルから離れたかった。

「アヴィニョンといえども、これだけ暑いと、夏枯れみたいな日もあるんですねェ」

と荒木幸雄が言った。

「みなさん、海や山へお出かけなんでしょう。私の店も、ほんとはヨーロッパ並に、八月は全休にしたいくらいですわ」

荒木美沙は、その切れ長の、よく光る目で典子を見つめていた。典子はなぜか、そんな荒木美沙の目を見返すことが出来なかった。

「どうぞ、ごゆっくり」

典子は調理場に行き、丸椅子《まるいす》に腰を降ろすと、

「きょうは、特別に早く閉店しましょうよ」

と加賀に言った。

「こんなに暑い日も珍しいですね」

加賀は、レンジの元コックを閉めながら、そう言った。

「早く閉めますか」

「ほんの少しあの三人の傍にいるだけで、私、なんだか凄く疲れるの」

典子が用意させておいた一本の赤ワインを加賀は袋に入れ、水野に手渡した。

「私がですか？」

「お願い。私、もうあの三人の傍に近づくのもいや」

典子は、胡蝶蘭に対するお返しの品として、上物のワインを選んだのだった。

行きかけた水野に、「閉店」の掛け札を扉に掛けておくよう頼み、

「たまには、早く休みましょうよ」

と言った。そして、クロークのほうに神経を集中した。高見雅道からの電話は、いつかかってくるのだろう。それが気になって仕方なかったのである。

「あのォ、マダムにお礼が言いたいって、きかないんですけど」

調理場に戻って来た水野が顔をしかめて告げた。大きく溜息《ためいき》をつき、典子は上目使いに加賀と水野を見やって立ちあがった。

「そんなつもりで、花をお贈りしたんじゃありませんよ。花代よりも、このワインの

ほうが倍以上も高い」

荒木はデザートのシャーベットを食べる手を停め、ワインを両手で持ってラベルを見ていた。

「私も遠慮なくお花を頂戴《ちょうだい》いたしましたのですもの。私のお返しも受け取っていただかないと困りますわ」

他の二組の客が同時に立ちあがった。それで、典子は荒木のテーブルから離れることが出来た。二組の客に挨拶《あいさつ》し、表まで見送りに出たとき、クローク係が呼んだ。

「高見さんとおっしゃる方からお電話です」

典子は受話機を耳にあてがった。

「いま、近くまで来てます。お店は忙しいですか?」

と高見は言った。

「忙しいわ」

「冷たいんですね」

「近くって、どこ?」

「公園の横です。小さな公園……。公園の入口に、ジャーデン・マセソン商会っていう門柱が立ってるんです」

そこは、かつての英国商会の跡地で、いまは門柱だけ残して公園になっているのだった。

「ぼくは、逢《あ》うまで帰りませんよ」

「公園で待ってて」

典子は早口で囁《ささや》き、電話を切った。荒木夫妻と連れの女も、デザートを食べ終えると、すぐに立ちあがった。

「じゃあ、このワイン、遠慮なく頂戴します」

荒木は、いかにもボディビルで作りあげたとしか思えない胸の筋肉を誇示するかのように背を伸ばした。

玄関の明かりを消し、クローク係に、今夜は早閉《じ》まいすることを伝えて調理場に戻ると、加賀が、オーブンの中から、フォアグラとうずらのパイ皮包みを出した。

「自分が食べたいもんだから、きょうのメニューを変えようなんておっしゃったんでしょう。しょうがないから、特別にお作りしましたよ、マダムのために」

「うわァ、ありがとう」

「太っても、私のせいにしないで下さいよ」

加賀は、滅多にないことだから、みんなで飲みに行こうと、水野や他のウェイター

を誘った。典子は、フォアグラの料理を、高見に食べさせたいと思い、まるで追い立てるみたいに、

「早く帰らないと、私の気が変わるかもしれへんわよ」

と言った。

従業員のすべてが、早閉まいしたアヴィニョンから出て行ったのは十時過ぎであった。中央のシャンデリアだけ残して、あとの明かりを消すと、典子は赤ワインとワイングラス、それに加賀が典子のために作ってくれた料理をテーブルに並べて、高見が待っている公園へ向かった。途中の坂道で、典子は、あらっと声をあげて立ち停まった。確か、高見は今夜の最終の新幹線で帰ると言った筈《はず》なのに、彼がアヴィニョンに電話を寄こしたのは、その電車が出てしまったあとではないか。そう思ったのである。

いまは北野町中公園と名を変えた、かつての英国商会の跡地には、二、三組の若い男女がベンチに腰を降ろしていた。

高見雅道は、典子が買わせた男性用のショルダーバッグを肩に掛け、この公園の出来た由来をしるした碑の前で所在なげに立っていた。

「ひどい蚊《か》ですよ」

高見は言った。

「それに、アベックの連中、いやにうさんくさそうに、ぼくを見るんです」

典子は、早く早くと高見をせきたて、夜の坂道を昇った。

「どうしたんです?」

「お店に入ったら判るわ」

「お店に行ってもいいんですか?」

「きょうは閉店したの。店の者もみんな帰ったわ」

裏口から入ろうかと考えたが、もし知り合いの誰かに見られたら、かえって具合が悪いと思い直し、明かりの消えた玄関からアヴィニョンの中に入った。坂道を急いで昇って来たので、典子も高見も息遣いが荒かった。その息の音が、ひとつだけシャンデリアの灯った店内に響いた。

「ほら、早よう食べへんと冷めてしまうわ。フォアグラとうずらのパイ皮包み」

典子は高見をテーブルにつかせ、調理場へ行くと、パンを籠《かご》に入れて持って来た。そして、高見の向かい側に自分も坐《すわ》り、ワインのコルクを抜いた。

「私が食べるみたいに言って、作ってもらったの。デザートもあるわ。苺《いちご》のムースが」

ワインを高見のグラスに注《つ》ぎ、

「どうぞ、お召しあがり下さい」

と言った。

「腹、減ってたんです」

典子を見つめたまま、高見はにこりともせず言った。

「早よう食べへんと、冷めてしまうわ」

「いや、食べられません」

「どうして？」

高見は立ちあがり、典子の傍に廻《まわ》ると、肩を両手でつかんだ。典子のどこかが烈《はげ》しく脈打っていた。いったいどこが脈打っているのか判らなかった。典子は高見に肩をつかまれたまま立ちあがった。何か拒否する言葉を発しようとしたが、そのほうがよっぽど卑しい気がした。

最初は軽く、二度目は強く長く、典子は高見の唇を受けた。

「なんで、せっかく用意したお料理を食べられへんの？」

と典子は訊《き》いた。

「もう食べられます。先にどうしても欲しいものがあったから……」

腰のあたりが痺《しび》れてきて、典子は立っていられなくなった。典子は肩をつかまれたまま、椅子《いす》に坐り、そっと高見の手を離した。高見も元の椅子に戻り、ワインを一口飲むと、

「甲斐さんは飲まないんですか？」

と訊いた。典子は高見のことばかり考えて、自分用のグラスは置いておかなかったのである。

「少しいただこうかな」

「グラスはどこです」

「調理場に入ったところにあるグラス専用の棚……」

「取って来ます」

高見は自分のと同じ縁の広いワイングラスを典子の前に置き、ワインを注いだ。

「うまいなァ、ワインも、フォアグラも」

「フォアグラには、ほんとは白の甘口が合うんですって。そやけど、私は甘口のワインは好きやないの」

「フランスの赤に戻って行くって、スペインで知り合った日本人が言ってましたよ。その人は、もう十八年もスペインで暮らしてます。ドイツの白ワイン、ポルトガルの

赤ワイン、とにかくいろんなワインを飲んで、結局、フランスの赤に戻るって」

加賀も良く似た言葉を、見習いコックにしょっちゅう言っているなと典子は思いながら、ワインの香りを嗅《か》ぎ、口に含んだ。

「おいしい？　フォアグラとうずらのパイ皮包み」

「うん、おいしい。フォアグラを、こんなにあっさりした味で料理出来るってのは、凄腕《すごうで》のシェフですね」

と高見は言った。

「フォアグラの味が判るの？」

「ぼくだって、フランスに二ヵ月いたんですよ」

「お金がなくて、駅だとか公園で寝てたくせに」

「そう、帰って来たときは七キロも痩《や》せてた。だけど二、三回、マーケットで缶詰のフォアグラを買って、パンに挟《はさ》んで食べたし、一度だけ、向こうに住んでる日本人にレストランへ連れてってもらったことがあるんです。風呂《ふろ》に入れられて、タキシードを着せられて。道で知り合って二日目の男なのに、どうしてこんなにご馳走《ちそう》してくれるのか、ちょっと気味が悪かったんです。だけど、たまには栄養をつけないと、日本に帰るまでに栄養失調で死んじゃうんじゃないかなと思ってついて行ったら、そいつ、ホモだった。料理を食べてるとき口説かれて、丁寧《ていねい》にご辞退しました」

「慌てて逃げださずに？」

「だって、ヨーロッパじゃあ、ホモなんて珍しくないし、人間的に好感の持てる人でしたからね」

料理を食べ終えると、高見は、空《から》になった典子のグラスにワインをついだ。

「今夜、帰る予定やったんでしょう？」

典子は何気なく訊《き》いたのだが、自分の言葉の奥にひそんでいるものに気づいて、わざとらしく腕時計を見た。しかし、それすら、とりつくろうとしているものとは裏腹の仕草になってしまい、目を伏せてワインを飲んだ。

「八時十二分の新幹線に乗るつもりで、七時過ぎにお店の中を覗《のぞ》いたんです。窓越しに。でも、お客さんがいて忙しそうだったから。きょうは大阪に引き返します。空になった妹の部屋で寝ます」

そう言ったあと、高見はワインを飲み、

「もし……」

と口ごもった。

「もし……、何？」

典子は訊いた。高見の顔が二人用のこぢんまりしたテーブル越しに近づいてきた。典子も両肘《りょうひじ》をテーブルにつけたまま、自分の顔を近づけた。そうやって唇を重ねながら、典子は片方の手で、高見の頬《ほお》をそっと撫《な》でた。

「もし……今夜は帰れって言われたら、そうするつもりです」

と高見は言ったが、彼の手は、典子の手をつかんで離さなかった。自分を飾るためのお芝居なんかやめよう。典子はそう思った。自分が求めているものを口にしよう。だって、私のほうが、歳が上なのだから。そのように考えると、いかにもそれが正当な理由みたいな気がした。

「連れてって……」

と典子は囁《ささや》いた。どこへ？　そんな目で高見は見つめていた。

「私の部屋に。二階の……」

けれども、調理場の奥に導いたのは、典子であった。階段の昇り口で、典子は言った。

「二階で待ってて」

二階の廊下の軋《きし》む音が、典子の部屋へと近づいて行くのを、少しふらつく頭で確かめてから、典子は裏口の戸の鍵《かぎ》をかけ、店内のシャンデリアを消した。そして、調理場の電話を切り換えずに、クリーニングに出す何枚かのテーブルクロスで電話を包んだ。調理場の明かりも消し、階段を昇って行きながら、

「私、なんにも食べてないわ」

とつぶやいた。

部屋に入ると、高見は、大きなよろい戸から、夜の海のほうを見つめていた。典子は部屋の鍵をかけ、枕元《まくらもと》のスタンドに明かりを灯すと、部屋の灯を消した。

「カーテンを閉めて」

高見は言われたとおりにし、

「シャワーを浴びます」

と言った。高見がシャワーを浴びているあいだ、典子はベッドに腰を降ろして、虚《うつ》ろな動作でイヤリングと指輪を外し靴を脱ぐと、ストッキングを脱いでスリッパを履《は》いた。高見がバスタオルを腰に巻いて出て来るのと入れ替わりに、典子は風呂場《ふろば》に入った。体を洗って、タオルで拭《ふ》いているとき、バスタオルは一枚しかなく、それは高見が巻きつけているのに気づいた。

「バスタオル、一枚しかないの。それを貸して」

と典子は言った。

高見の言葉が返って来た。

「歯ブラシ、ありませんか?」

典子の部屋に典子以外の人間が泊まったりすることなど考慮に入っていなかったので、そこにあるのは、すべて彼女用のものばかりだった。典子は戸棚を捜したが、新しい歯ブラシはなかった。

「私のしかあれへんの」

風呂場の戸を挟《はさ》んで、そう典子は言った。しかも、それはたったいま使ったばかりであった。

「ねェ、バスタオルを貸して」

典子は息を殺し、鍵のかかっていない戸を見ていた。戸をあけて高見が入って来、映画のように、そのままベッドに運ばれたいという期待があった。典子は、自分の女がとっくに準備を始めているのに気づいた。典子の視界が揺れ、歓《よろこ》びは腕に力をこめさせた。典子が、そうしてもらいたいと望んでいたことが、典子の期待よりも多少ぎごちなく行われたのである。

「フォアグラの匂《にお》いを取りたいな」

高見は全裸の典子をベッドにあおむけにして覆いかぶさり、そう囁《ささや》いた。典子は高

見の目に見入って、
「遠慮してるのは、私のほうよ」
とうわずった声で言った。高見が典子の歯ブラシで歯を磨《みが》いているあいだ、典子は
タオルケットをかぶって、自分の体はきれいだろうかと、そればかり考えていた。も
う三十七歳なのだから、子供を生んだことのない体にも、気づかない部分に小さなシ
ミなんかが出来ているかもしれない。二十代には決してなかった肉が、思いもかけな
いところに皺《しわ》をもたらしているかもしれない。死んだ夫が、初めての夜に、
「やっぱり、あげ底じゃなかった」
と賞《め》でた乳房の弾力を、典子はひそかに確かめてみた。カーテンが大きくそよい
だ。風が吹き始めたのかと思い、それがそよぐさまを見つめたが、高見がスウィッチ
を入れたのであろう扇風機の作りだす風だった。
高見が戻って来たとき、
「クーラーを入れて。簞笥《たんす》の横にスウィッチがあるわ。それから、窓をしめて」
と頼んだが、高見はそうしなかった。やがて典子は、自分のものなのか高見のもの
か判らぬ汗にまみれていった。途中、どんなに楽しいかを高見の耳元で囁こうとした
とき、典子は、死んだ夫には一度もそのような言葉を使わなかったことを思った。

「こら、何とか言え」

夫は、よく典子の鼻を軽くつまんで、そう促したものである。

「……楽しい」

促されたときだけ、典子は応じたのだが、いまは、自分の口からそんな言葉が洩《も》れるのを懸命に抑えていた。

高見の背の汗は、典子の掌を滑らせ、その滑りつづける感触が、とうとう典子に、

「……うれしい」

と言わせた。

しかし、肉体は芯《しん》から歓《よろこ》んではいなかった。高見の若さと繊細な神経は、典子をくすぶらせただけだったのである。そして典子は、そんな高見によって、つつましさを捨てることが出来た。

「どっちの汗？」

典子は、まだ自分の乳房や腹のあたりで動いている高見の指を握り、そう訊《き》いた。

高見は照れ臭そうに微笑し、不器用な愛情の言葉を浴びせた。

「どうしてクーラーをつけなかったの？」

「汗をかかせたかったから」

「なんで？　なんで私に汗をかかせたかったの？」

「判りませんか？」

判るような気もしたが、典子は高見の肩に自分の顔を凭《もた》せかけて、無言で目を閉じた。しばらくそうしていた。

「喉《のど》が渇いた……」

やがて、典子はそう言った。

「冷たいワインを飲みたいな」

高見は半身を起こし、部屋を見廻《みまわ》した。

「栓《せん》を抜いたワインは、みんな冷たいわ。冷蔵庫にしまうから」

典子は、ベッドに横たわったまま、床に落ちているバスタオルをひろい、風呂場へ行った。ぬるめのシャワーを浴びていると、高見も入って来た。典子は慌てて背を向け、

「いまは駄目」

と言った。

「どうして」

「私、きれいにしとかないとあかんわ」

高見はその意味を理解したが、典子をうしろからはがいじめにして、シャワーの勢いを強めた。そして典子の体の向きを変え、

「ご主人が死んでから、誰とも、こんなことはなかったんですか」

と訊《き》いた。典子は幾度か、しゃがみ込まなければならない状態になったが、そうさせない高見のいたずらっぽい顔が、典子をもうどうでもいいという気持にさせた。彼女は、シャワーの湯以外のものを足のあちこちに感じながら高見と見つめ合っていた。そんな自分が、いかに美しく、たおやかであるかに気づいていなかった。

ベッドに並んで足を投げ出し、典子と高見は壁に凭れて冷たいワインを飲んだ。

「まだ、さっきの返事、聞いてないいんだ」

「聞けへんと判らへんの？　あんなに好き勝手にしといて」

「だって、急いでたから」

「何を？」

「ひょいと体をかわされて、逃げて行きそうな気がしたから」

高見は窓を閉め、クーラーのスウィッチをいれた。

「なかったわ、一度も。気持が動いた人もなかった。ほんとよ」

心地のいい酔いが、ゆるやかに廻って来た。ただ酔いだけで、顔も熱くならなければ

ば、心臓の動きも早くならなかった。

高見は典子の手からワイングラスを取り、サイドテーブルに置いた。

「あのうれしいってひとことで、ぼくは力尽きたんだ。必死で頑張ってたのに」

そう言いながら、高見は典子の体からタオルケットをはがした。少しずつ歓《よろこ》びは高まった。典子は目をうっすらとあけるたびに、自分たちの絡み合う影を天井にみつけた。そのつど、愛撫《あいぶ》という言葉が心に浮かんだ。そしてそのつど、高見への愛情は深まった。典子は、小さいが長い、まがうかたのない愉悦の波にひたって体をくねらせた。高見が何か囁《ささや》いた。

静寂のあと、典子はうつぶせたまま、高見に、何を言ったのかと訊いた。

「うれしいって言ってくれ……」

「私、言った？」

「言わなかった」

高見は笑顔を向け、サイドテーブルに手を伸ばし、ワイングラスを取った。

「才能も大切だけど、運も大切ね、絵描きには」

なんと清潔な横顔であろう。典子はそう思いながら言った。そして自分から高見の横顔に唇を寄せた。

「絵描きだけじゃないよ。仕事はみんなそうさ」

「自分の才能を信じてるんでしょう？」

「信じたり、信じられなかったり」

「私は信じてるわ。高見雅道の才能を」

高見は何やら考え込んでいたが、

「描く絵が全部駄目だったら、どうする？」

と訊いた。

「そんなことを、言葉にする人は駄目ね」

高見は少し怒ったような目をしたが、すぐに口元に笑みを取り戻し、

「そんなことを言える相手は、ぼくには甲斐さんしかいないからね」

と言った。まだ甲斐さんなんて呼んでる。典子はそう思い、

「私、高見雅道さんを何て呼ぼうか」

とつぶやいた。

「子供のときはマーちゃん。中学生のときはケンブツって呼ばれたな」

「ケンブツ？」

「高見の見物」

典子はくすくす笑った。

「高校生のときはガドウ。雅道の音読み。大学生のときはコツ」

「コツ？」

「ヨーロッパを貧乏旅行して帰って来たら骨と皮になってたから、ホネじゃなくコツって呼ばれたんだ。あれは、いやだったなァ」

「何て呼ばれたい？」

「コツ」

「本気？　そしたらほんとうにコツって呼ぶから」

高見は、典子の乳房にまた手を這《は》わせ、一度こんなふうに女性を抱いてみたいと思っていた形があるが、してもいいかと真剣なまなざしで言った。形を訊いて、典子は、

「あかん……。そんな恥ずかしいこと」

と拒んだが、結局、組みしだかれたふりをして、高見の望みどおりにさせた。しかも典子は、うれしいと自分から何度も小声を発した。

典子は、そんな自分を不思議に思った。どこかで醒《さ》めている陶酔の中で、「楽しい」という言葉と「うれしい」という言葉とを比較し、選択していたのである。些細《ささい》

なひとことではあったが、死んだ夫が言わせたがった「楽しい」という歓《よろこ》びの表現は、高見と自分との関係においては、なぜか使ってはいけない気がしたのである。けれども、やがて理性がひとかけらとなって心の片隅に押しやられると、典子は、ある程度計算のうえで口にした「うれしい」を、素直な、自然な歓びの言葉として発した。楽しいのではなく、うれしいのだ。私は、うれしいのだ。子供が物をねだるみたいに、被虐的な姿態を自分に求め、そして自分がそのようにしてあげたことは、うれしさ以外の何物でもない。典子は、息を弾ませて静かに寝そべっている高見の、幾ら繰り返しても変わりのない粗相を、いっそう愛しいと感じつつ、そう思った。

「この部屋、好きだな」

と高見は言った。

「この部屋で、肩を落として、何かを睨《にら》みつけてる典子さんを描きたいな。口では説明出来ないけど、もうぼくの頭の中には、構図も全体の色調も出来てる……」

典子は黙って、高見の言葉を聞いていた。

「芸大の同期の連中の中で、ぼくはいつも二つの評価をされてきたんだ。凄《すご》いぜ、あいつは。俺《おれ》たちとは物が違う。かなわねェよな。面と向かって言うやつもいたし、陰で言うやつもいた。もうひとつは、でも高見の描くものって、どれもどこかで見たような気がするんだ。いろんな画家の、おいしいところを貼《は》り絵みたいにくっつけてるんだ。あんな絵はテンプラさ。だけど、不思議だなァって思うのは、ぼくの絵を賞《ほ》めもしなければ腐しもしなかったやつだけが、いまでも、絵を描きつづけてるってことさ。卒業して、たった五、六年しかたってないのに、描きつづけてるのは、その賞めも腐しもしなかったやつだけなんだ」

典子は、眠りに落ちそうになりながら、自分の体の中に残っているものによって正気に戻った。ちゃんと跡始末をしなければいけない。高見の子を宿したりしたら大変だ。

高見のひとり語りはつづいたが、典子はほとんど聞いていなかった。もし妊娠したら、自分は生むだろう。そんな自分を、義母も、従業員たちも、アヴィニョンの経営者にさせておかないだろう。でも、自分がアヴィニョンの経営者でありつづけなければ、高見雅道を世に出すことは出来ないのだ。そう考えていながらも、典子は眠った。

朝、といっても十一時近く、目を醒ましたとき、高見はいなかった。典子はシャワーを浴びなければと思いつつ、一時間近く、ベッドから離れなかった。クーラーは動いていたが、首筋や腰の下に汗が噴き出ていた。高見の残したメモをみつけて、典子ははね起きた。（またお電話します）とだけ書かれてあった。

崖の草

九月の末、見習いコックの江見恭弥がフランスに発《た》ち、リード・ブラウンは退院してブラウン商会に戻って来た。もし夜中に発作が起きたら、すぐに典子が駆けつけられるように、リード・ブラウンの寝室からアヴィニョンの二階の壁へと通じるチャイムをつけた。リード・ブラウンは、それには及ばない、自分には息子も嫁もいるのだからと辞退したが、典子は譲らず、電気店に頼んで強硬にチャイムをつけたのである。

「歳を取ると、どこか悪くなって当たり前だよ。物忘れはひどいし、体の動きも鈍《にぶ》くなる」

チェスの盤に目を落として、リード・ブラウンは言った。彼は、自分のクイーンと典子のクイーンとを交換すべきかどうか迷っていた。交換してくれたら、次にいい手を考えているのに……。典子は熱い紅茶を飲みながら、リード・ブラウンの、ピアノを弾くみたいにテーブル上で動かしている指を見つめた。

「典子のクイーンを取ったら、私のクイーンも取られて……」

「長いのねェ。もう三十分も迷ってるのよ」

「典子は勝てると思ってるね。相手をせかせるときは、必ず次にいい手を隠してる証拠だ。困ったね。パイプがないと集中力がなくなる。誰だ、私からパイプを奪ったのは」

「自分の肺よ。パイプだけやったら、くわえてもええんでしょう？　中に火のついた葉さえ入ってなかったら」

リード・ブラウンは、眼鏡越しに上目使いで典子を見やり、

「そんなパイプ、くわえたくないよ」

そう言って、典子のクイーンを取った。典子もナイトでリード・ブラウンのクイーンを取った。

「ナイトで取るのか……」

「武士の情けよ」

典子は、くすくす笑った。

「マイクが、荒木を警戒し始めたよ。と言うより、ジルの夜遊びが少し危険になっ

た」

「危険って？」

「ルーレットには、もう飽きたらしいね。荒木美沙が他の楽しみを教えたんだろう」

「他の楽しみって、まさか麻薬じゃないでしょうね」

「判らない。私には何も言わないからね。ただ、夫婦の仲が悪くなってるのは間違いないよ。女は停まらない……」

黄健明の指図で、林玉徳という偽名を使う男は、すでに日本に到着し、何らかの形で荒木夫妻と接触している筈《はず》であった。しかし、松木精兵衛からはまだ何の連絡もなかった。

ともすれば口をついて出かかる林玉徳なる人物の名を、典子は喉元《のどもと》で抑え、

「とにかく絶対に、ブラウン商会を売らないことよ」

と言った。そして以前からリード・ブラウンに勧めている、メイドを雇う件をむしかえした。

「気の合わないメイドは、私の命を縮めるよ」

とリード・ブラウンは言った。

「そやけど、マイクもジルも一週間に一度しか来てくれへんでしょう。それに、ジル

は掃除が嫌い。リードは毎朝、紅茶とパンだけ。昼は、ハムとチーズのサンドウィッチばっかり」

その典子の言葉を制して、リード・ブラウンは、

「負けたよ」

と微笑し、チェスの駒《こま》を盤上に転がした。

「負けた。とうとう負けた。チェック、チェック、チェック、そしてこのナイトでチェックメイト。そうだろう？」

「そう」

「いい手を考えたね」

リード・ブラウンは、駒を並べなおし、ゲームの終盤を再現して、ひとりで何かつぶやいたあと、

「でも、夜は、素晴らしいコンソメスープや、ポタージュスープや、魚のスープを、典子が運んでくれる。年寄りには充分すぎる栄養だよ。それに、夜、お腹が減ったら、加賀さんの手作りハムを食べる。最高のご馳走《ちそう》だ。メイドはいらない」

「頑固ね」

典子は、発作が起きたら、がまんしないで、いつでも遠慮せずにチャイムのボタン

を押すようにと繰り返し言い聞かせて立ちあがった。

「ええっと、日本語で何て言ったかな。こういう状態で帰ってしまうのを」

とリード・ブラウンは、わざと顔をしかめて訊《き》いた。

「勝ち逃げ、よ」

「そうだ、勝ち逃げだ。典子は、私みたいな孤独な老人をいじめて、勝ち逃げする」

笑って手を振り、ブラウン商会から出て行きかけた典子に、リードは言った。

「私の友だちで、自分の妻とカードをやっていつも負けるやつがいた。彼は、すぐにベッドに入って妻を待ち、こう言うんだ。『勝ち逃げする女は、必ず男を待たしてる』ってね」

典子は微笑《ほほえ》み返しただけで、何も言わずアヴィニョンへの道を歩いた。くすのきの下に蟬《せみ》の死骸《しがい》が落ちていた。それはほとんど原型をとどめていないほどだったが動いていた。典子は膝《ひざ》を折り、蟬のなきがらに見入った。蟻《あり》の隊列は、アヴィニョンの庭のほうへ延びている。

今夜も高見がやって来ると思うと、典子の視界はかすみ、午睡のひとときをついに眠れぬまますごすのである。高見は毎週、土曜日に訪れ、日曜の昼に帰って行く。店を閉め、従業員たちがいなくなると、典子は、自分の部屋に明かりを灯す。それが合図であった。そして典子は、きまって加賀にその日のメインディッシュを作っておいてもらう。さも自分が食べるような口振りで、それを裏口から忍び込んで来た高見と半分ずつ分けて食べ、一緒にシャワーを浴び、最初の交わりを持って、高見が次に求めてくるまで、彼の話を聞いたり、ワインを飲みながら音楽を聴いたりするのだった。

典子は、さっきの、リード・ブラウンらしくない冗談が気にかかった。何かの匂《にお》いをリードは私から嗅《か》いだのかもしれない。そう思った。

郵便配達のオートバイが坂道を昇って来た。若い郵便配達員は、典子を見るとオートバイを停め、何通かの配達物を手渡して行った。

「ご苦労さま」

典子は、ほとんどがダイレクトメールだとか、冬物衣服の展示会の招待状だとかの郵便物の中に、墨で書かれた封書をみつけた。松木精兵衛からで、秘書ではなく松木自身によってしたためられている。封書で連絡してきたということは、おそらく後藤にも内密の内容なのであろうと考え、黄健明の読みが正しかったのを知った。

典子は、アヴィニョンに入り、松木精兵衛からの封書を開いた。

(冠省　後藤に関して疑惑出来せり。九月三日、香港より林玉徳なる人物訪れ、二日後、拙宅にて驚くべき密談あり。小生、火中の栗《くり》をひろわん覚悟。今週の日曜日にお逢いしたく候。御都合お報せ給わりたく。不二)。

松木精兵衛の風貌《ふうぼう》からはおよそ想像もつかない繊細な筆跡であった。会社によりも、夜、自宅に電話をいれるほうがいいと判断し、典子は二階の部屋へ行った。

荒木夫妻は、いまのところ別段気になる行動は起こしていない。ならず者が店に来ることもなく、ブラウン商会も手に入れていないのである。小柴は、友人を使って毎日マイクとジルを監視させていたが、そこには多少の変化があった。遊ぶ場所がクラブの奥の秘密の博打《ばくち》場から荒木夫妻のマンションに変わったことだった。しかも、荒木のマンションに行くのは、最初はマイクとジルが夫婦揃《そろ》ってであったのに、三日もたたないうちに、ジルだけがおもむくようになっていた。そこで何が行われているのかは判らなかった。

火中の栗とは何であろう。典子はもう一度松木精兵衛の手紙を読み返し、黄健明の言葉を思い出した。

「典ちゃんは、知らん振りをしてればいい」

手紙をドレッサーの下の洋簞笥《ようだんす》にしまい、典子はベッドに横たわった。何か大きなものに守られているような気がしてきた。松木精兵衛は、林玉徳なる男が黄健明の命を受けて来日したとは考えもしていないだろう。電話だけで済まして、自分は松木の家に行かないほうがいいのではないか……。

網戸を外すとまだ蚊《か》が入って来るので、典子は、よろい戸の片方をあけ、二重になっているカーテンの、レースのほうを引いた。下腹に鈍痛《どんつう》があり、それは毎月のものの近いことを示していた。あしたか、あさってには始まるだろう。

「よかった……」

典子はつぶやき、子供が出来ないように配慮しなければならぬと思った。今夜、高見にそのことを言い聞かせなければならない。一滴のアルコールも入っていないのに典子は深い午睡に落ちた。

けれども、アルコールに頼らない眠りの爽快《そうかい》な目醒《めざ》めは、廊下を走って来る誰かの尋常ではない足音でこわされた。ドアをノックする音と同時に、水野の声が聞こえた。

「加賀さんが車にはねられたんです」

「えっ！」

典子は、はね起きてから、自分がパジャマに着換えず、服のまま眠り込んでしまったことに気づいた。慌てて起きあがったので、立ちくらみがして、壁が廻《まわ》った。

「車に？」

ドアをあけ、典子は水野に言った。

「ええ、足の骨が折れてるそうです。いま病院から電話がありました。いつもの時間になっても来ないもんだから、調理場の連中が心配してた矢先です」

「足だけやの？　他には？」

「いちおう調べるが、多分問題ないだろうとのことです。意識ははっきりしてて、警官に、店と家とに連絡してくれるよう自分で頼んだそうですから」

典子は、手で髪を整えながら調理場へ降りた。見習いコックたちは、当惑顔で口をつぐみ、典子を見つめた。予約は五組あり、そのうちの二組は十人以上のグループだった。シェフがいないからといって味を落とすわけにはいかない。それならばいっそ、事情を説明して休業するのがアヴィニョンのやり方だろう。典子はそう考えた。典子は、予約客の連絡先を書きつけてあるスケジュール・ノートを手に電話の前に立った。

「休業するんですか？」

無口な阿井吾郎という見習いコックが訊《き》いた。もう三年近く、加賀のもとで下働きをしていたが、フランス修業に自分が選ばれなかったことで、いっそう無口になってしまった青年であった。

「三十人近い予約客があるのよ。加賀さんがいてなかったら、とてもさばききれるものとは違うわ」

「頑張ってみます」

阿井は言った。もうひとりの田辺という見習いコックは、阿井とは違って、自信のなさそうな顔をしていた。

「二人では、でけへんわ。技術的にじゃなくて物理的に」

「ご予約のお客さまのメニューは決まってるんです。その下準備も出来てます。やらせて下さい」

典子は、熱意の率直なあらわれなのか、自分を評価させるための野心によるものなのか判断に苦しむ阿井のぎらつく目を見た。予約客の中には、わざわざ奈良県からやって来る一家もいた。典子は時計を見た。他の予約客はともかく、奈良県から三ヵ月に一度、一家でアヴィニョンの料理を味わうことを楽しみにしている老夫婦とその息子夫婦は、もう家を出ている公算が強かった。その一家は、帰りがあまり遅くならないようアヴィニョンの開店時間に席につくのが常だったのである。

問題はきょう一日だけではない。加賀の怪我《けが》の程度がいかなるものであるのかによって、今後の対処も自ずから違ってくるだろう。そして、一週間や二週間ならともかく、加賀の職場復帰が二ヵ月も三ヵ月も、あるいはそれ以上の日数を要するとなれば、その間、ずっと休業することなど出来はしないのだ。典子はとりあえず営業をつづけようと決断した。熱意であろうと野心であろうと、この若い阿井吾郎に、しばらく懸命に腕をふるってもらう以外ない。アヴィニョンの客は舌が肥《こ》えているから、正直にシェフが不慮の事故にあったことを伝えたほうがいい。アシスタントのコックが加賀から学んだものを楽しんでみるのも、また一興と考えるかもしれないし、加賀が復帰するまで、アヴィニョンに足を運ばないのも、それはそれで客の選択にゆだねるしかないのだ。典子はそう考え、自分の意見を従業員たちに述べた。水野は、緊張した顔つきの阿井吾郎の尻《しり》を叩《たた》き、

「頼りにしてるぜ。阿井くんの至らない分は、俺の異常なサーヴィスでカバーするから」

と笑顔で言った。

「異常なサーヴィスって、どんなサーヴィス？」

典子も無理矢理笑顔を作り、メニューに料理の名を書き記しながら訊《き》いた。

「ご家族連れのお客さまに、私のフランス料理哲学を披露《ひろう》するんです」

「あんまり余計なこと喋《しゃべ》らんほうがええのと違いますかァ？　ボロが出ますよ、ボロが」

クローク係がひやかした。

「あっ、失礼なやつだなァ。俺だってフランス料理に関しては年季がはいってるんだぜ。加賀さんからも、いろんなことを教わったよ。余計なことは何ひとつ口にしないアヴィニョンのウェイターが、急に献身的サーヴィスを始めてみろ、吉と出るかもしれないよ」

「凶と出たら、どうします？」

と田辺がいった。

「そのへんの呼吸は、まかしとけよ。それよりも、てきぱきと急ごうぜ」

水野は言って、開店の準備を始めたが、調理場を出て行くとき、典子にそっと目配せした。典子は店のほうに歩を運び、それとなく水野の傍に寄った。

「加賀さんをはねたやつ、そのまま逃げたんです」

と水野は耳打ちした。

「逃げた？」

「ええ。加賀さんは家を出て、バスで須磨浦《すまうら》公園まで出たんです。山陽電鉄の須磨浦公園駅です」

「そうね。加賀さんのいつもの出勤コースね」

「その駅の近くで、はねられたそうです。しかも、はねた車は逃げた。なんか、おかしいと思いませんか？　やつらが動きだしたって気がするんですよ」

「でも、それだったら、加賀さんを殺すつもりでやったってことになるでしょう？　なんぼなんでも、そこまでひどい手を使うかしら」

典子は有り得ることだと思いつつ、そう言った。

典子は、何をさしおいても病院へ行きたかった。荒木夫妻が動き始めたという思いは、時間がたてばたつほど、ある確信となっていき、怒りよりも底知れない恐怖に襲われた。

「大丈夫？」

典子は何度も阿井に声をかけた。阿井はそのたびに無言で頷《うなず》き、鼻の頭に噴き出ている汗を調理服の袖《そで》で拭《ふ》いた。

メニューを書き終えると、典子は加賀が運び込まれた病院に電話をかけた。交通事故で、はねた相手が逃げたとなれば、警察の者もいるだろうし、もう加賀の妻も駆けつけた筈《はず》だと思ったのである。長いあいだ待たされて、やっと加賀の妻が電話口に出て来た。

「いかがですの？　お怪我《けが》の具合は」

と典子は訊《き》いた。折れた箇所は右の大腿骨《だいたいこつ》だが、まっぷたつに折れたのではなく、骨は外側に、少しくの字の状態で曲がっているのに、一部は折れずに済んだのだと加賀の妻は説明した。

「だから、内出血も少なくて、手術は腫《は》れがおさまったらすぐに出来るそうです。本人はとても元気で、手術が終わったら車椅子《くるまいす》に乗ってでも店に行くって言ってるんですよ」

「加賀さんをはねた人は、まだみつかってないんですか？」

「はい。いま警察の方が調べてます」

「店のことは心配しないで、ゆっくり治療して下さいってお伝え下さい。阿井さんが、頑張って代役をこなしてみるって言ってくれてますので、店は休みません。私はあしたの午後にお見舞いにうかがいます」

典子は電話を切り、加賀の容態をみんなに告げた。

「ぼくも中学生のときに、足の骨を折ったことがあるんです」

と田辺が皿を並べながら言った。

「大腿骨が、まっぷたつに折れたら大変ですよ。少しでもつながってたのは不幸中の幸いです」

「そう。それやったらええんやけど」

典子もワイングラスを磨《みが》きながら、加賀のことだから、本当に車椅子に乗って仕事をしに来るかもしれないと思った。

「きょうのアペリティフ、何にしますか？」

青ざめた顔にやっと血の気を取り戻した田辺が、いたずらっぽく微笑《ほほえ》んで典子に訊いた。水野も阿井も顔を見合わせて、軽く笑った。

「田辺、お前、ワイン庫に入りたいんだろう」

と水野が言った。

「こんなチャンス、滅多にないんですもん……」

「うっかり罎《びん》を割ったりしてみろ、加賀さんに殺されるぞ」

水野に言われて、田辺は掌の汗を前掛けでしきりにぬぐった。

「奈良からお越しになるご一家は、梅の果実酒がお好きやから、きょうは梅にしましょう」

典子は言った。

「一番奥にある壜やと思うんです。奥から古い順番に並べてあります」

田辺は、探検隊員みたいな足取りでワイン庫のところまで行った。

「もし、壜を割ったら、ぼくはここから二度と出て来ません。中で切腹します」

田辺は目をぎょろつかせ、そう言って梯子《はしご》を降りた。

車が駐車場に停まった。奈良県からやって来た一家は、自分の家で作った奈良漬《ならづけ》を典子へのおみやげに持参していた。席に案内し、

「シェフが急病で休まなければならなくなりまして、アシスタントが料理いたしますの。申し訳ございません。お気に召さなければ、ご遠慮なくお申しつけ下さいませ」

と典子は言った。

「ここのシェフが鍛えたコックさんや。どんな味か楽しみですな」

「アヴィニョンの味に文句をつけられるほど、私らの舌は肥《こ》えてませんわよ」

老夫婦は柔和な笑顔で応じたが、やはりどこかに落胆の色があった。水野がメニューを配り、オードブルの説明を始めた。

味覚というものも、ある程度先入観に左右されるであろうから、なにもわざわざこちらの事情を正直に言う必要はないのかもしれない。典子は当分、シェフが休んでい

ることを客に述べるのはやめようと思ったり、いや、黙っているのは良くない、やはり加賀ではなくアシスタントが作っているのだと、あらかじめ断っておくのが、アヴィニヨンらしさというものであろうと考えたりした。

阿井の奮闘ぶりは、みなの心配に反して立派なものであった。奈良県から訪れた一家も、

「やっぱり、アヴィニヨンの味や」

とお世辞でなく賞《ほ》めたし、常連のグループ客も、

「いい味だ」

と頷《うなず》き合った。典子は客の声を、逐一、阿井に伝えた。けれども、阿井吾郎はまったく無感動に、

「はい」

と応じるだけで、何個かのフライパンを汗だくになって操っていた。

阿井が初めて笑顔を見せたのは、二組の団体客が去ってからである。他にも客はいたが、阿井は大きく深呼吸し、階段の昇り口に坐《すわ》り込んで、うなだれた。

「ありがとう。偉いわね。加賀さんのやり方を、ちゃんと勉強してたのね」

典子は、ひとりの青年を、たいした根拠もなく甘く見ていたことを恥じ、ねぎらい

と賞讃《しょうさん》の言葉をかけた。阿井は坐ったまま顔をあげ、

「きょうの料理は誤魔化《ごまか》しがきくんです。そやけど、来週からが大変です。簡単な料理は誤魔化しがききませんから」

と言った。もしかしたら、荒木夫妻が予約なしにやって来るかもしれないと思っていたが、それは杞憂《きゆう》だった。

客がすべて帰り、表の明かりを消したころ、加賀の妻から電話があった。加賀をはねて逃げた車は、国鉄の西明石《にしあかし》駅近くの路上に捨てられていて、警察の調べで、盗難車であることが判ったとのことだった。

帰りかけた水野が、

「あれっ？」

とつぶやいて立ち停まった。

「小柴さん、どうしたんだ？　きょうは一回も顔を見なかったぜ」


他のウェイターも、そう言えばそうだなといった顔つきで典子を見た。加賀の事故への驚きと、そのあとの忙しさで、典子も小柴のことを忘れていたのである。

「休みをとってるんですか？」

と水野が訊《き》いた。典子はかぶりを振り、

「そんな連絡はなかったけど……」

と答えた。

「車を寄こしてくれっていうお客さんもなかったから、いままで気がつけへんかったわ」

典子が言うと、田辺は調理場に戻り、

「車のキー、ありませんよ」

と言った。いつも小柴が待機しているブラウン商会の前に走って行った水野は、また走って帰って来、車もないことを伝えた。典子はいやな予感がして、いったん受話機に手を伸ばした。小柴の住まいに電話をかけようと思ったのである。しかし、小柴の妻に、いたずらに心配させるだけだと考え直し、様子を見ることにした。

「ええから、みんなはもう帰ってちょうだい。ほんとにきょうはお疲れさまでした」

そのとき、裏口のあく音がした。片方の手で口元を隠して、小柴がついたての陰から顔だけ突き出し、みんなにきまり悪そうに会釈をした。

「どうしたの？　みんな心配してたのよ。何かあったの？」

典子は、ついたてのうしろから出てこようとしない小柴に歩み寄った。小柴は目を充血させ、水野だけ残して、他の者は帰らせてくれないかと囁《ささや》いた。

「車が故障して、その修理に時間がかかったとでも言うて下さい」

典子は、水野に、今後の件を少し打ち合わせたいと耳打ちし、小柴の言葉を伝えた。

店内に、典子と水野と小柴の三人だけになった。小柴は、いっそうきつい目をして、口元から手を離した。上唇が腫《は》れあがり、前歯が一本折れていた。

「ガソリンを入れに行った帰りに、信号待ちをしてたら、男が二人近づいて来て、『やっとみつけたぞ』って言うんです。『こないだ、雨の降ってる日、泥水をはねたまま逃げやがって。俺の背広、泥だらけや』て、ごっつい剣幕で。私は覚えがなかったんですけど、自分が気のつかんうちに、そんなことをしたかもしれへんと思うて、そいつらの言うように車を道の端に停めました。そしたら、ひとりが車のキーを取ったんです」

「車のキーを？」

と水野が煙草を小柴に勧めながら訊いた。

「ええ。また逃げられたら困るからっちゅうてね」

腫れあがった唇を痛そうに歪《ゆが》めて煙草をくわえた小柴は、ふと典子に怪訝《けげん》な目を向けて、

「加賀さんは？」

と訊いた。

典子と水野は、しばらく顔を見合わせていた。黄健明の話や、松木精兵衛から聞いたものから予想していたのと比して、荒木夫妻の動き方は性急でもあったし乱暴すぎるような気がしたが、加賀の事故も小柴の遭遇した事柄も、やはり荒木夫妻と切り離して考えることは出来なかった。

「加賀さん、車にはねられたの」

そして典子は、まだ水野にも伝えていなかった加賀の妻からの電話内容も話して聞かせた。

「チクショウ……。偶然やおまへんで。そいつらは私に危害を加える気はなかったと思いまんねや。車のガソリンタンクに砂糖を入れるのが目的でしたんや。そのために、車のキーを抜いたんです。別の男が、私の胸ぐらをつかんですごんでるあいだにね。そやけど、私にみつけられたもんやから、仕様がないようになって、暴力沙汰《ざた》を起こしよった。そうに違いおまへん」

小柴の煙草を挟《はさ》んだ指が怒りで震えた。典子は恐ろしさで震えた。

「荒木のやり口やおまへんで」

小柴はそう断定した。

「軽自動車の一台や二台、使い物にならんようにしたところで、こっちにはたいした痛手やおまへん。加賀さんを殺したりしたら、てめえらのほうもやばい筈《はず》や。頭脳犯のやり口とは違います。そやけど、荒木と何の関係もない人間がやったのでもない」

典子は、あるいは後藤栄吉のしわざではなかろうかと思い、自分の考えを二人に述べた。すると、水野が、

「もし、荒木と後藤が手を組んでるとしたら、きょう後藤がやったことは荒木の作戦外の勇み足だってことになりますよ。そうなると、後藤は荒木にとって獅子《しし》身中の虫ってわけです」

と言った。小柴も、その水野の考えに同感だと言ってから、

「車は大丈夫です。エンジンをかけんと、修理屋を呼びました。タンクとガソリンパイプを洗浄しましたから」

典子はどうしていままで連絡しなかったのかと小柴に訊《き》いた。

「通りがかった人が、一一〇番に電話しよったんです……。相手はすぐに逃げよったけど、私は車を動かすことがでけまへん。それに、この顔……。パトカーが来て、事情を訊かれて、近くの交番まで連れて行かれたんです」

しかしそれならば、交番から連絡が出来るだろう。そう言いかけた典子は、首をうなだれ、哀しげな目でときおり水野を盗み見ている小柴の、妙に小さく映る体によって察した。小柴には前科がある。そのことを、小柴は、典子以外には誰にも知られたくないのだ。だから、店の名を口にしなかったのであろうと。

少し気持を鎮《しず》めるために、お酒でも飲んでいったらどうかと小柴を引き留め、水野には、気をつけて帰るようにと言って、典子は立ちあがり、玄関の扉をあけた。水野は小柴の肩を軽く叩《たた》き、ひどいめにあったなとつぶやいて帰って行った。

きっと、この界隈《かいわい》に無数にある坂道のどこかで、アヴィニョンの二階の端を見あげているだろう高見雅道を思った。早く逢《あ》いたくてたまらなかった。しかし典子は、小柴の折れた前歯をそのまま放っておくわけにはいかなかった。

「傷害罪で告訴しましょう。目撃者もいるんやし、すぐに捕まるわ。後藤が荒木と本当に手を組んでるのかどうかは判らへんけど、案外、さっきの水野さんの言葉が的を射てるかもしれへんわね。獅子《しし》身中の虫……」

そして典子は、月曜日に必ず歯医者にかかるようにと言った。

「大丈夫です。歯が折れたぐらい」

典子がウィスキーをグラスに注《つ》ぎかけると、小柴はそれを手で制し、

「ただ、女房にだけは、奥さんから説明してもらえませんか。あいつ、私の唇とか前歯を見て、家出してしまうかも判りまへん。刑務所から出て来たとき、もう二度と人に手をかけたりせえへんと約束したんです」

と言った。典子はお安いご用だと応じて、小柴をクロークにある電話のところに連れて行った。小柴はしばらく妻と、怪我《けが》のことについて説明していたが、やがて受話機を典子に渡した。

「いつも、お世話になっております」

初めて耳にする小柴の妻の声であった。

「こちらこそ。いい方に来ていただいたって、私のほうこそ喜んでますのよ」

何かの誤解で、ならず者に絡まれたが、小柴さんは殴られるままになって、自分は決して手を出さなかったのだと典子は言った。

「治療代のほうも、ですから店で責任をもちますからご心配なさらないで下さい」

すると、小柴の妻が不安そうに訊いた。

「ですからって、お店と何か関係がありますんですか?」

しまったと典子は思ったが、

「仕事中の災難ですもの」

そう努めて明るい声で言った。電話を切ると小柴は小声で、

「すみません」

と頭を下げた。

「小柴さんが謝る必要なんかあれへんわ。おかしなことに巻き込ませて、私のほうこそ謝らなあかんの」

「この勝負、勝ちましたよ」

小柴はやっと笑顔を取り戻し、玄関の扉の前に行って立ち停まると言った。

「勝った？」

「私を殴った二人組のやり口は、プロのやり口とは違います。ガソリンタンクに砂糖を入れるなんて、自分らがプロやということを見せつけたいためのこけおどしです。チンピラのやり口です。加賀さんの事故と、きょうの私の件を警察に話したら、警察も本気で動きますやろ」

典子は、ふたつの事件を警察に相談しようと思った。しかしその前に、とりあえず松木精兵衛に連絡しなければならぬ。小柴の足音が聞こえなくなると、典子は松木の自宅のダイヤルを廻《まわ》した。

電話には松木精兵衛が直接出て来て、

「あんたからの電話をずっと待っとったんや。あんまりかかってこんから、手紙が届かんかったんかと心配しとった」

そう言ったあと、松木は勢い込んでつづけた。

「荒木に恨みを持ってる男は、どうもこのアジアのあっちこっちに、ぎょうさんおるらしい。あいつを抹殺《まっさつ》するためなら命を捨ててもかまわんという中国人が、わしを訪ねて来た」

「お手紙にあった林玉徳って人ですか？」

「そうや。その男の妹が、荒木にひっかかって、もてあそばれたあげく、廃人同然になったそうや。詳しいことは、あした打ち合わせたいと思うんやが、都合はどうかな」

典子は、加賀の事故と小柴の件とを伝え、

「あした、病院と警察に行こうと思いますの。それだけで一日がつぶれます」

と言った。

「後藤が先走って、荒木の青写真をこわしよったな」

松木は低く笑い、自分はあす林玉徳と逢《あ》うが、同席してもらいたいともちかけてきた。

「私と松木さんとが内密で逢ったことを、荒木が知ったら、元も子もなくなると思うんです。それよりも、その林玉徳さんとは、松木さんだけが接触して、私はきょうのふたつの事件を徹底的に追及します。その二面作戦をとるほうがいいような気がしますの」

典子はそう答えた。松木精兵衛は、何としても林玉徳に典子を逢わせたい様子であった。典子も巻き込んでおきたい。そうでなければ、自分だけが危ない橋を渡ることになる。そんな松木の計算が、典子には判るのだった。

「よし。とりあえず、あしたはわしひとりで林玉徳の作戦を聞いとこう。連絡は、わしのほうからする。時間を決めときたいんやが」

「店の者が帰るのは、日によって一時を過ぎるときもあります。お昼の十二時ぐらいはいかがでしょう」

松木が会社から電話をかけたくないのを承知のうえで、典子はそう提案した。

「会社からは、まずい。わしは女中まで信用出来んようになってるから、あんたのほうから家に電話をかけてもらうのも避けたい」

緊急のとき以外は手紙を使うと松木は随分考えた末に言って、いらだたしげに電話を切った。

典子は階段を駆け昇り、部屋の明かりを灯した。そして、また階段を駆け降り、店の中央のシャンデリアだけ残して、他のすべての明かりを消し、シャッターを降ろし、カーテンを閉めた。今夜はコンソメスープを温め、加賀の手作りのハムを切り、フランス製のデザートチーズを何種類か皿に並べようと考えた。

典子は壁に凭《もた》れ、耳を澄ました。今夜は私が思いっきり駄々っ子になるのだ、いつも高見が駄々っ子で、私はそれを受け容《い》れることが歓《よろこ》びだが、しゃにむに今夜、私は駄々っ子になる。典子はそう思いながら、緩慢に顔を左右に動かした。

裏口の開く音がした。典子は壁に凭れたまま顔だけ向けて高見を迎えた。高見は、何も用意されていないテーブルにちらっと目をやって、笑いかけた顔を曇らせた。

「凄《すご》く疲れてるんだな。毎日毎日、人間を相手の仕事をしてるからね」

ショルダーバッグをテーブルに置き、高見雅道は典子を抱き寄せた。典子は身をあずけ、かすかに油絵具の匂《にお》いのする高見の香りを嗅《か》いだ。

「人間相手の仕事ばっかりよ。私だけと違う。みんなそうやわ。人間を相手にしない芸術家なんて偽者でしょう？」

典子は言った。ベッドで駄々っ子になろうか、それともいま駄々っ子になろうか。典子は、いま駄々をこねたら損だと思った。駄々をこねるにもエネルギーがいるのだからと。

「でも、人間を相手にしない芸術家がもてはやされてる時代だよ。そんな時代は、まだこれから二十年はつづく」

そう言ってから、高見は典子を抱いたまま、ずっと気になっていたことがあるのだが、口にしてもいいかと訊《き》いた。

「何？」

「ぼくの絵の裏側に貼《は》ってあった手紙。ご主人が亡くなる前に、書き遺《のこ》した手紙。ぼくが見るべきものじゃないけど、なんだか妙に気になって仕方ないんだ。ぼくの絵の裏に貼ってあったってこともあるけど。プライヴェートなことだから、いやだったらいいんだ。気を悪くして、怒らせるだろうな、きっと」

典子は手紙など忘れていたのである。

「見せてもかめへんわ」

しかし、自分から言いだしたくせに、高見は、

「いや、いいんだ。気になってたぼくのほうがおかしい。そんなものをぼくが読むのは、人間のルールに反するよ。亡くなったご主人に失礼だ」

そうつぶやき、ごめんねと言った。

典子は調理場に高見を導き、コンソメスープの大鍋《おおなべ》を指差した。

「今夜の献立はねェ、コンソメスープとハム、それにデザートチーズとパン。辛口《からくち》の赤ワインを一本……。コンソメを温めて。私はハムを切って、それからチーズも切るわ」

「ぼくが温めるの？」

「そう。ほんとはお皿も並べて欲しいし、ワインの栓も抜いてもらいたいけど」

「いいよ。皿はどこ？」

駄々をこねようという心積りは、高見が夫の遺した手紙の件を持ち出したことで、幾分崩れていた。大鍋の中を覗《のぞ》いていた高見は、

「まったく濁ってないんだなァ。牛の足の骨から作るんだろう？」

と訊いた。

「そう。骨髄のエキスね」

典子は、早く二階へあがりたくてたまらなくなった。あそこでなければ、女になれないのだ。そう感じて、品位を落とさない、いいセリフはないものかと頭をめぐらせたが、結局、心のままの言葉を囁《ささや》いた。

「早く部屋に行きたい……」

「先にシャワーを浴びて、ゆっくりしてたらいい。スープもハムもチーズもワインも、それからワイングラスやコルク抜きも、ぼくが全部運ぶよ」

絹のブラウスの上から典子の片方の乳房を押さえながら、高見は言った。ひどく落ち着きがあって、いつもよりおとなっぽかった。彼は、大鍋の中のスープを別の小さな鍋に移し、レンジに載せると弱火で温め始めた。

「あかんわ。スープは一番最後に温めるのよ。スープ皿を熱くしといて」

「あっ、そうか」

慌ててレンジの火を消し、高見は典子の指示どおり四種類のデザートチーズを切った。

「これは？」

「ブリー・ド・モー。牛の乳で作った白カビのチーズ。やわらかいの」

「じゃあ、これは？　ブルーチーズだろう？」

「そうよ。ロックフォールって品種の最高級品。羊の乳で作るの」

それぞれを、少しずつ切って、高見は皿に並べた。

「ブルーチーズって、ちょっと苦手なんだよな」

「私もそうやったけど、ロックフォールを食べたら、なんておいしいんやろって思ったわ」

切る際にこぼれたかけらを指でつまみ、高見は口に入れた。

「ほんとだ。じゃあ、スナックなんかでときどき出るあの石鹸《せっけん》みたいな味のやつは、本物のブルーチーズじゃないんだな」

フランスパンを二切れ皿に載せ、高見は部屋で待っているよう促すと、ハムを切り始めた。楽しそうな手つきであった。典子は二階の部屋に入り、ドレッサーの前に坐《すわ》った。少し痩《や》せたような気がしたが、白い肌は血色がよく、目も澄んでいた。美しくなっていく瞬間の自分を見ているのではないかと思った。

典子は薄化粧を落とし、こんどは素顔に見入った。

「三十七やもん、目尻に皺《しわ》があって当然やわ」

そうひとりごちて立ちあがり、カーテンを閉め、ベッドの横で全裸になると風呂場《ふろば》に入って、シャワーのコックをひねった。ふと、高見との恋に終わりが来る日のことを考えた。終わりはきっと訪れるのだ。引き際は自分で決めなければならない。決めるのは自分でなければならない……。それは典子の矜持《きょうじ》ではなく、高見への思いやりであった。典子は自分では気づいていなかったが、夫の発病から臨終に至る短い期間と、アヴィニョンを引き継いで働きつづけてきた数年間とによって、自己の抑制力を自然のうちに鍛えていたのだった。典子は、シャワーを浴びながら、三年間という数字を脳裏に描いた。なぜなら、典子は高見を天才だとまで思っていたので、三年のうちに世に出なければ、自分の信じた高見の才能はそれほど飛び抜けたものではなかったと評価すべきだし、さらには自分の三十代が終わるときでもあるというふたつの接点を見いだしたからであった。

「スープは、まだ温めてないよ」

小さな円卓にハムとチーズとパン、それにワイングラスを並べ、ワインの壜《びん》とコルク抜きを手に持ち、高見は、パジャマを着て風呂場から出て来た典子に言った。

「お腹、減ってないの」

「ぼくは、新幹線の中でカレーライスを食べたきりだぜ。四時に」

「フランス料理を食べに来たの？」

高見はくすっと笑い、風呂場のドアに手をかけた。

「ワイングぐらい飲みたいわ」

「あれェ、変な雲行きだな」

「いっつも、したいようにするのは誰？」

「ワインを抜いて、グラスに注《つ》いであげるけど、そのパジャマを脱がなきゃ駄目だ」

「いやよ。私、ワインを飲みながら待ってるの。自分でパジャマは脱げへんわ」

高見は唇を噛《か》み、典子の顔を右から左から見つめ、ワインの栓《せん》を抜くと、グラスに注いだ。そしてまたくすっと笑った。彼は、シャツを脱ぎ、これから急いで出掛けなければならぬ用事が出来たみたいな動作で風呂場に入って行った。典子はワインを三口で飲み干した。五分もたたないうちに高見は出て来て、自分でグラスにワインを注ぎ、半分ほど飲むと、典子に襲いかかってきた。典子はそうされたかったのである。

そんな扱い方はいやだとか、もっと動いて欲しいとか、小声で註文を出しているうちに、典子は烈《はげ》しい熱風で浮きあがり、泣き声をたてた。いつまでも続いて欲しかったし、怖《こわ》いほどの歓《よろこ》びにうろたえて、典子は自分の手が何をつかんでいるのか判らなかった。典子は恥ずかしくて、いつまでも高見にむしゃぶりついていた。

「おととい、ヨーロッパを旅行したときのスケッチを整理したんだ。百四十枚あった。自分でもびっくりしたな。ただぶらついてたみたいな記憶しかないんだけど、必死でスケッチしてたんだなァって思ったよ」

典子は目をつむって、高見の言葉を聞いた。

「オリジナリティーって何だろう。初めから持ってるものなのか、描きつづけてるうちに、ひょこっと生まれるものなのか……。最近、それぱっかり考えてるんだ」

典子が初めて味わった熱風は、次第に冷たい風に変わっていった。

「俺《おれ》だけのオリジナリティーって何だろう。そんなもの、あるんだろうか。考えだすと不安でたまらなくなる。この三年間でみつけられなかったら、俺はもうそれ以上、形のない才能ってやつにしがみついてるわけにはいかないと思うんだ」

「三年……？」

はからずも自分が漠然と定めた期間と同じだったので、典子は目をあけて訊《き》き返した。

「うん。三年。ぼくは三十になる。その時点で駄目だったら、もう十年かかる。四十歳まで待つはめになる。俺たちの世界って、そんなサイクルがあるって気がするんだ」

典子は新しく買ったバスローブを着た。

体中がゆるんでいるような気がして、それが目や口にまで伝わっているのではないかと心配だった。典子は唇をきつく閉じてみたが、力が入らなかった。

「焦《あせ》ったら負けるわ。自分で制限時間を決めたりしたら、それに追いかけられて、肝心なことを忘れたりするものよ」

言葉が、舌足らずな口調でこぼれ出ているのを感じた。高見が典子の顔を覗《のぞ》き込んだ。典子は顔を見られたくなくて、うつ伏せに横たわった。

「いま、どうなってるの？」

と高見が訊いた。

「何が？」

「典子の体……」

「自分でも判れへん。そんなこと訊いたりしたらいやや」

ふたりは小一時間ほど、音量を絞ったFM放送のクラシック音楽を、聴くともなしに聴いていた。

「俺、好みに合わないクラシック音楽が流れてるのって、凄《すご》く嫌いなんだ。それだったら、演歌のほうがいい」

典子は、三年という期間がひどく短いものに思われた。体のゆるみは直り、それにつれて、もう一度ゆるみたいという欲望がつのっていた。そして同時に、高見を狂おしいほど好きだと思った。

「〈愉楽の園〉っていう絵、あれは何かしら。あれは私ね……」

「どうして？」

「もういっぺん、さっきみたいにして欲しいから……。私、あんなの、初めて」

矜持《きょうじ》だとか、つつしみだとか、そんなものはかなぐり捨てていいではないか。せめて、高見の前では。典子はそう思ったのである。

「いつもいつも、さっきみたいになるとは限らないよ。そのときの、ちょっとした心の具合や体の具合で変わっていくからね」

典子には、そんな高見の静かな言葉が、男の歓《よろこ》びから生じていることを知らなかった。しかし、言葉は静かであっても、高見の体はそうではなかった。彼は典子の手を烈《はげ》しい部分に導き、交合するまで離してはいけないといった意味の言葉を囁《ささや》いた。こんどは時間がかかった。けれども、その時間を楽しむ余裕が、お互いのあいだに生じていた。典子はその気配を感じたとき、高見に教えた。そして、のけぞり、何かをつかもうとし、自分の口から洩《も》れる音が聞こえなくなった。

四時ごろ、やっと典子と高見は円卓を挟《はさ》んで食事をとった。

「ワイン、もう一本飲みたいな」

と高見はデザートチーズを食べながら言った。

「ワインを飲みすぎたら、あとがしんどいわ」

「じゃあ、グラスに一杯だけ」

「新しいのを抜きたいの？」

「うん」

「ワイン庫にあるわ」

「どんなワインがいいのか判らないよ」

だが典子は自分で調理場まで降りて行くことが出来なかった。そしてそんな自分の体の状態も、素直に高見に喋《しゃべ》った。

高見は典子のスリッパを履《は》き、ワインを取りに調理場へ降りて行った。典子は、パンをコンソメスープにひたして食べただけで、ハムにもデザートチーズにも手を出さなかった。けだるくて、しかも急激にワインが廻《まわ》ってきて、食欲はなかった。週に一度、節食する日があるのも、体にはいいかもしれないと典子は思った。そしてベッドに寝転んだ。もはや、自分の体がゆるんでいるのかどうかさえ判らなかった。FM放送は、いつしか古いモダンジャズの演奏に変わっていた。退廃が活気をあおる場合はしばしばあるが、耳にそっと流れ込んでくるアルトサックスと、落葉が風に吹かれるような音をかもしだすシンバルの響きは、いましがたの性の愉悦が、ぬぐいがたく心を汚染したような気持にひきずった。典子は、緩慢に起きあがり、ラジオのスウィッチを切った。

「裏口、鍵《かぎ》をかけてなかったよ」

ワインの罎《びん》を持って戻って来た高見はそう言って、少し表情を固くさせた。

「あっ、忘れてたわ。鍵をかけてくれた？」

「うん、半分あいてたから、慌てて閉めて、ロックしといたよ」

「半分あいてたの？」

「あいてた。俺は入って来たとき、ちゃんと閉めるだけは閉めたって記憶があるんだ。でも、そうしたつもりだったけど、きっちり閉まってなかったんだろう」

高見は、新しいワインの栓《せん》を抜きながら、

「毎月、俺の絵を一点買うって言っただろう？」

と言った。

「そう。私が買い占めるの」

「毎月一点の絵を描きつづけるのは無理だよ。三ヵ月に一点でも大変だ」

「でも、いまはそうやって描きつづける時期でしょう？　描くなって言っても、それでも描く人でないと、やっぱり駄目やと思うわ」

高見は典子のバスローブの胸元をはだけさせ、片方の乳房をもてあそびながら、

「〈愉楽の園〉のことだけど」

と言った。

「あの絵が不思議なのはねェ、絵を見ていないときは、細部どころか、全体の構成までおぼろになってしまうことなんだ。感動も消える。多少の雰囲気だけは、こっちの心に漂《ただよ》ってるけど、それは雰囲気にしかすぎない。だけど、絵の前に立つと、虚《うつ》ろな雰囲気が、何か人間の生命のすべてであるような気持を誘い出す」

典子は高見が何を言いたいのか判らなかった。

「俺はいつか、典子にとって、あの〈愉楽の園〉みたいな存在になりそうな気がするんだ。うぬぼれじゃなくて、不安としてね」

ついさっき、自分がほんろうさせた女の乳房を自由にしながらも、一夜を無邪気にすごせない高見を、性とは別のところで、いっそう愛《いと》しく感じた。それで典子は、今夜の最後の交わりを求めて、高見の首筋に唇をすりよせた。

高見は不思議そうに典子の頰《ほお》を撫《な》で、

「まだ……、いや、まだじゃなくて、もう駄目だよ。男は、撃つ弾がないと銃身が曲がったままなんだぜ」

そう言ってから、

「きょうは、いままでと違うね」

とつぶやき、微笑を投げかけてきた。

「きょうは、逢《あ》う前から決めてたの」

「何を？」

「私が駄々っ子になるって」

「ほんとに駄々っ子みたいだな」

「もう駄目？」

典子は微笑を返し、高見の目を覗《のぞ》き込んだ。その言い方が自分でも照れ臭くて、典子はうなだれた。気がつかないうちに、バスローブは上半身だけでなく、下半身もあらわにしていた。いつのまにか、バスローブの腰紐《こしひも》が取れていたのだった。典子は隠そうとしたが、その手を高見がつかんで動けないようにしてしまった。そして典子の体に、光る目を注いだ。そのような目で見られることにも、典子は歓《よろこ》びを感じ、その幸福が、何やら訳の判らない鬱積《うっせき》を、訳の判らない言葉として吐き出させた。

「私、後悔してるの。夫に本当のことを教えてくれって詰め寄られたとき、なんで正直に癌《がん》やなんて言ってしまったのかって。ちょっとでも長いこと生きてて欲しかった。どんなにいやがっても、退院なんかさせるんやなかった」

典子は途中から泣いていた。

「典子、典子って、私が傍にいてるのに呼んでた。そうやって死んだわ。私、誰にも甘えることなんかでけへんかった。すぐに、アヴィニョンの跡を継いだから。私、強い女とは違うわ。商売になんか向いてないの。そやけど、必死でフランス料理のことを覚えたわ。人の使い方の呼吸も、失敗しながら判っていったわ。いっつも元気よくしてないと、店の空気が暗くなる……。そんな暗さをいっぺんでも見た人は、アヴィニョンに二度とこなくなるってことも判ったから。そうしてるうちに、本当の私がいったいどんな女なのかが判らへんようになった。いまでも判らへんの。私、雅道を好きよ。そやけど、好きやってことしか判らへんの」

喋《しゃべ》っているうちに、典子はますます何が何だか判らなくなっていった。しかも、はからずも、芝居ではなく真に駄々っ子になっていたのである。

「優しい、いいご主人だったんだな」

と高見は言った。典子の、肉体の歓びを求める心は鎮《しず》まっていった。けれども、典子の言葉は高見をあおった。そして立場は逆転し、こんどは高見の執拗《しつよう》な力に屈服して、幾分かのわずらわしさを感じつつ受け容《い》れた。そのとき、典子はなぜか、自分のほうが十歳近くも歳上であることを認識した。

昼近く目を醒《さ》ますと、高見はいなくて、食べ残したデザートチーズが、独特の異臭を強めて部屋の中にこもっていた。

三年などと自分に言い聞かせたが、性の歓びからも、高見の微笑からも、自分は三年で見切りをつけることは出来ない。寝起きなのに、そしてナイトクリームさえつけずに眠ったというのに、肌理《きめ》細かで、ねっとりと艶《つや》を帯びている顔を風呂場の鏡で見て、典子はそんな思いにとらわれていた。高見と、自分の人生以外はすべてを捨ててしまいたかった。甲斐家から出て、アヴィニョンという店も捨てて、典子は高見のために生きたかった。この数年間で、典子の物は使いきれないほど増えていた。その最たるものは、夫の病死による巨額な保険金である。夫は友人に勧められて、掛け捨ての、一億円の生命保険に入った。結婚して間もないころで、厳正な医師審査を必要とする額だったが、当時、夫は体格も立派だったし、どこも悪いところはなかった。

「人間、いつどうなるか判らへんから、入っとこうか」

と保険会社に就職した友人への義理立てもあって、加入したのである。保険会社から支払われた金は、一銭も手をつけず、幾つかの銀行に分散して、定期預金にしてあった。しかも、夫の手紙にもしたためられていたように、義母は、アヴィニョンにおける収入にいっさい口出ししなかった。義母の預金口座には、毎月の末に、相当ゆとりをもたせた金額を典子は振り込んでいた。加賀にも、超一流のシェフに充分みあう給料を払ったが、なお典子が手にする収入は多かった。典子は私生活において贅沢《ぜいたく》などしなかったし、仕事用の衣服は必要経費でまかない、食事は、店に有り余るほどあった。それで、典子の収入は、ほとんどそのまま残り、預金通帳は、五年間で多額な数字を示していたのである。

典子はいっとき、高見と暮らしたいという衝動に突き動かされたが、心のどこかで、それをさえぎろうとする働きもあった。仕事がすでに典子の人生の大半をしめていることに、彼女はまだ気づいていなかったのである。

典子は、シャワーを浴びデザートチーズを一度冷蔵庫に戻して冷やしてから、それをパンに塗って食べ、二時に、加賀勝郎の入院している病院へ向かった。何を見舞いに持って行こうかと考え、典子は自分の好きなミステリー小説を三冊買った。それに花とメロンを買い、須磨浦公園まで車を走らせた。途中で、ふと松木精兵衛の手紙の一節が気になった。——火中の栗《くり》——というくだりだった。どんな火中なのか、典子は考えてみたが、その、林玉徳の持ち込んだ計画に、自分はあくまで無関係でなくてはならぬと思った。この件に関しては、黄健明の忠告には断じて従うことが大切だ。松木精兵衛は、己《おのれ》の災厄のために、己の手で火中の栗をひろえばいい。だから、いかにしてその火から遠く離れているかが、自分の闘いとも言えるだろう。そう確信したのである。

病院の受付で、病室の番号を教えてもらうと、典子は二階の外科病棟への階段を昇った。ドアをノックするとき、典子は、高見との烈しかった交わりの名残りを払い落とすみたいに、肩やうなじなどを手の甲で撫《な》でた。

加賀の血色は悪く、包帯で固められた片足は、丸太のようであった。

「きのうの夕方、手術をしたんです」

と加賀の妻は言った。

「二、三日あとってことやなかったんですか？」

典子は薄目をあけて、わずかに顔を動かした加賀に近づき、ベッドの横の小さな物入れに見舞いの品を置いた。

「きょうは日曜日で、当直の医者しかいなくなるからって、急に手術がきまりましたの」

加賀の妻が説明したあと、加賀勝郎は、無理矢理笑いを作り、

「腫《は》れがひいてからでないと、ギプスははめられないそうです。体の中にボルトが入ってると思うと、何となく気分が悪いですな」

と言った。

「ごめんなさいね」

典子は、加賀の妻に聞こえないよう気を配って言った。加賀は首を振り、

「ちょっとした脅しのつもりだったと思いますよ。ただ、私が転んだ場所にコンクリートの階段があって、打ちどころが悪かったんです。その証拠に、車はそれほどスピードを出してませんでした。私が転んだあと、猛烈なスピードで逃げましたが」

典子は何と言ったらいいのか判らず、加賀の妻が勧めてくれる椅子《いす》に腰をおろした。

「ドジを踏みやがった、あの荒木はねェ。奥さん、この勝負、もう勝ったも同然です」

加賀は、さっき妻にもアヴィニョンに振りかかった理不尽な災厄を話して聞かせたのだと言った。典子は、加賀の妻に謝罪の言葉を述べた。

「いいえ、奥さんが謝ることとは違います。私、その話を聞いて、世の中にはなんて恐ろしい人間がいるのかって、もう呆然《ぼうぜん》としちゃいました」

東京生まれで東京育ちの、加賀の妻は、勝気そうな顔を紅潮させて、そう言った。

典子は、少し気がらくになって、昨夜の小柴の一件を加賀夫妻に話した。

「小柴さん、チンピラのやり口やって断言してたわ。私、これから警察に行くつもりよ」

すると加賀勝郎は、

「きょうは日曜日ですよ。あしたのほうがいいんじゃないですか」

と言った。

「警察に、日曜も平日もないでしょう？」

典子がそう言うと、加賀夫妻は互いをちらっと見やった。その表情が気にかかり、典子は、

「どうしたんですか？」

と訊いた。

「きのうの夜、お電話したんです」

その妻の言葉を、加賀が補足した。

「手術が無事に終わったってことをお報せしとこうと家内は思ったんです。そしたら、加世子さんが出てきました」

典子は、血の気が引いていくのを感じた。

「いま、典子さん、お取り込み中よって、なんだか、いやな言い方をして取りついでくれませんの」

と加賀の妻は言った。

「何時ごろでした？」

典子は動揺を抑えて訊《き》いた。

「二時前です。手術が終わったのが一時半でしたから。いつも三時ぐらいまで起きてらっしゃるって、主人に聞いてたもんですから」

「シャワーを浴びてたんです。でも、なんでそんな時間に、加世子さんが店の調理場にいたのかしら」

鍵《かぎ》をかけ忘れた裏口から入ったのであろうが、「お取り込み中よ」という言葉は、二階の部屋で何が行われているかを、あきらかに知っていたことになる。木造りの階段も廊下も古くて、どんなに足音を忍ばせようとしても大きな軋《きし》み音が起こる。高見も自分もそれに気づかなかったのだろうか。典子は、まだ二十歳を過ぎたばかりだというのに、妙に世帯臭さを感じさせる加世子の、薄い唇を脳裏に描いた。

「売り上げ金を調べてみましたか？」

と加賀が訊いた。

「まだ調べてないけど、暗証番号を知らん人には、あの電子キャッシャーはあけられへんわ」

「気をつけたほうがいいですよ。私は、どうもあの加世子って人を好きじゃない。奥さんを、岡本のおうちに住みにくくしたのも、あの娘でしょう。義直さんの妹でもなければ従妹《いとこ》でもない遠い親戚《しんせき》の娘だってのに、いやにいばりくさって、まるで自分の家みたいに岡本の家に住んでるじゃないですか」

「そやけど、何か悪いことをするために店に来たんやったら、かかってきた電話に出たりしないでしょう？」

典子はそう言ったが、なんとかして、高見とのことを義母に知られないようにしなければならぬと、そればかり考えていた。そう言えば、調理場の電話を二階に切り換えることもすっかり忘れていた。調理場で鳴った電話のベルが聞こえなかったのだから、階段や廊下の軋み音にも気づかなかったのは充分に有り得るだろう。そしてもし加世子が、すでに義母に話して聞かせたとしたら、私は今朝ふと考えたことを実行すればいい。典子はなかば捨て鉢な気分で考えをめぐらせた。

「あしたからのメニューのことですがねェ」

加賀は話題を変え、妻に手を突き出した。典子が訪れる前に作ったらしいメニューの予定表が、新しいノートに書き込まれてあった。

「手術の直後やっていうのに、こんなことに神経を使ってたら体に悪いわ」

典子は加賀の気持をありがたく感じつつも、怒った顔で言った。加賀は苦笑いし

て、

「三週間分のメニューを全部組み立てました。ブイヤベース月間というふうにして、いろんな種類のブイヤベースを基本にしようと思うんです。それだったら、阿井にもなんとかこなせるでしょう。赤印をつけてあるのは、阿井も見たことのないブイヤベースです。これが三日おきにあります。午前中に、阿井に病院にこさせて下さい。ポイントだけ説明しますから」

「じゃあ、素材が問題ね」

と典子はノートを覗《のぞ》き込んで言った。

「私は、素材を問題にしなかったことは一度もありませんよ」

「失礼いたしました」

典子の言葉で、加賀の顔にやっと笑いが浮かんだ。

「今週は、プロヴァンス風のブイヤベースです。これはチョーさんに、私のほうから電話しときます。いい伊勢海老《いせえび》が必要ですし、貝類もとびきり新鮮なものじゃなきゃいけません」

チョーさんというのは、アヴィニョンと特別に契約を結んでいる志摩の漁師であった。早朝に獲《と》った魚介類を車に積んで、その日の三時ごろにアヴィニョンに持ってくるのだが、加賀は何日か前に、いつどんなものが欲しいと電話でしらせておくのである。

加賀の妻が、花を活《い》けるために病室から出て行ったあと、典子は、

「加賀さんが独立するころに、私もアヴィニョンから自由になろうかなって考えてるの」

とリノリュームの床に視線を落として言った。

「アヴィニョンから自由になる？　どういうことですか？」

「私、行き届かなかったことはたくさんあるにしても、この四年間、よく頑張ってきたなって思うの」

「勿論《もちろん》、みんなそう思ってますよ。それはあの葉山さんだって認めざるを得なかった。現実に、奥さんが跡を継いでから、アヴィニョンの売り上げは、五十パーセント伸びたんです」

「私、あと三年ぐらいでそろそろ身の引きどころが来そうな気がするの。私自身の問題として」

「身の引きどころ？　アヴィニョンを閉めるんですか？」

「そうしたいって思うの……」

「それは、私が辞《や》めるからですか？」

と加賀は気色ばんで訊《き》いた。典子はかぶりを振り、

「そんな、いやがらせみたいなこと、私、しないわ。そやから言うたでしょう？　私自身の問題としてって」

「再婚なさるんですか？　何かそんなお話があるんですか？」

典子は微笑《ほほえ》み、

「そんな話なんてないわ」

と答えた。そして、加賀が手術をしてそんなに時間がたっていないのに気づき、椅《い》子《す》から立ちあがった。

「これ、外国のミステリーよ。私のおすすめするミステリー小説のビッグ・スリー。暇つぶしにどうぞ」

典子は、ぽかんと自分を見つめている加賀に、

「お医者さんの許可が出るまで退院なんかしたらあかんわよ。ギプスをはめてお店に来たら、小柴さんに頼んで、病院へ送り返すから」

そう言って、ノートを持つと病室を出た。岡本の、義母の住む家に行かなければならぬと典子は思った。

アヴィニョンを出るとき、少し空模様が怪しく、空気も重く感じられたが、高速道路に入ったあたりから雨が降ってきた。

いかに義母に理解があっても、アヴィニョンの二階に作った部屋で、一人身となった嫁が、死んだ息子以外の男と夜の時をすごしていることを知ったら、許しはしないだろう。あの加世子のことだから、すでに義母に教えた公算が強い。三年どころか、この一、二ヵ月で、自分はアヴィニョンから去って行かねばならないのではなかろうか。典子はそのように思い、それはそれでまたいいではないかという気になった。甲斐家の親類筋にあたる誰かが、アヴィニョンを引き継げばいい。たとえば、経営する繊維加工会社が四年前に倒産し、いまはスーパーマーケットのガードマンをしている加世子の父などは、月に一、二度、義母のもとを訪ね、アヴィニョンに自分の働き場所はないかと探りを入れている。さしずめ、あの男が、涎《よだれ》を垂らして、

「私にまかせなはれ」

と義母に言い寄るだろう。そして、半年もたたないうちに、アヴィニョンをつぶしてしまうだろう。見栄っ張りで、かなりの借金をかかえているというのに、娘を女子大に通わせ、ちゃっかりと岡本の家に一銭も払わず下宿させてしまった口八丁の男……。

典子はワイパーを動かし、アヴィニョンがつぶれたあとの、義母の余生を思った。蓄えはあるにしても、子も孫もない老後を想像すると、典子は自分がひどく冷酷な女みたいに思えてきた。

国道四十三号線を降り、信号を曲がって阪神国道に入ると、そのまま山側への道を進んだ。雨は強まっていた。急な坂道には、閑静な住宅地がつづき、典子はその南のはずれの路地に車を入れた。生垣《いけがき》に沿って、甲斐家の、いまは物置になってしまったガレージがあった。そのガレージすれすれに車を停め、瓦屋根《かわらやね》の玄関に立つと、身づくろいを整えて、チャイムを押した。お手伝いのキヨの声が聞こえた。

「典子です」

「あら、お帰りなさいませ」

いらっしゃいませと言ってはいけない。嫁は、働いて帰ってくるのだから、お帰りなさいと迎えるように義母は、キヨにも加世子にも、そのことをきつく言い含めてあった。

「早ようあけて。凄《すご》い雨……」

キヨが内扉をあけ、ひらいた傘《かさ》を頭上にさしかけた。

「いま、お隣に行ってらっしゃいます。甘酒を作ったから飲みにこないかって誘われて」

広い玄関でスリッパを揃《そろ》えながらキヨは言った。

「お義母《かあ》さん、甘酒、大好きやもんね」

「はい。でも、もうお帰りになると思います。きのうは、遅うまで起きてはりましたから」

キヨは、加世子が連絡もせずに外泊し、まだ帰ってこないのだと眉《まゆ》をしかめて言った。

「奥さま、心配して四時ぐらいまで起きてはったんです。きょうは昼寝をするて言うてはりました」

「連絡もせんと外泊するなんてこと、ときどきあるの？」

キヨの持って来てくれたタオルで、肩や手や頭髪についた雨粒をぬぐい、典子は幾らかほっとして訊《き》いた。

「このごろ、しょっちゅうです」

「しょっちゅう？」

居間のソファに腰をかけ、典子は濡《ぬ》れそぼって黒光りする庭の木犀《もくせい》の葉を見つめた。台所で茶をいれているらしいキヨの声が聞こえた。

「このあいだも、外泊したあげく夜遅うに帰って来はったもんですから、奥様もとうとう堪忍袋《かんにんぶくろ》の緒が切れて、大阪の実家へ帰るようにって言いはったんです。こんなことでは、年頃《としごろ》の娘を責任持って預かれへん。親が親なら、娘も娘や」

「お義母《かあ》さん、そんなにはっきり言いはったの？」

キヨは盆に急須《きゅうす》と湯《ゆ》呑《の》み茶碗《ぢゃわん》を載せて、テーブルの傍に来ると、

「いえ、それは私にです。そこまで言うたら角が立つと思いはったんでしょう」

そう言ったあと、自分も加世子には腹が立っているのだという意味のことを囁《ささや》いた。

「私はこのおうちの手伝いですから、仕事やと思て割り切ってます。そやけど、年頃の娘やったら、自分の下着ぐらい自分で洗濯したらどうやろて思うんです。洗濯どころか、乾かして、たたんで、部屋に置いといても、ありがとうのひとことも言うたことはありません。加世子さんは、はっきり言うたら、この家の居候《いそうろう》ですよ。なにも学校に通うのに、この家に居候する必要もありません。大阪の実家から学校まで一時間ちょっとの距離やないですか」

喋《しゃべ》りだしたら、溜《た》まっているものを次から次へと吐き出さずにはおれない。そんなキヨの表情であった。

「そやけど、加世子さんのお父さんに頼み込まれて、お義母さんとしては断り切れなかったのよね」

裏の勝手口から、義母であるリツの、

「典子さん、帰って来とうの？」

という声がした。典子は居間を出、台所へ行った。傘《かさ》をたたみながら笑っているリツに手を差しのべ、

「ただいま」

と言った。リツは典子の手にすがって台所にあがり、

「車が停まってたから、すぐに判ったわ」

そう嬉《うれ》しそうに言った。典子は、この一年ばかりで、かなり曲がってしまったリツの背に手を廻《まわ》し、一緒に居間へ行った。居間の壁には、一枚の古い写真が額に入れて飾ってある。パリのレストランの玄関で、まだ四十代だったリツと夫の義政とが、フランス人を真ん中に挟《はさ》んで写っていた。フランス人はレストランの経営者で、そのレストランは、加賀もかつて厳しい料理修業に励み、いまは江見恭弥が働く店だった。

「加世子さんのことで困ってるのよ」

リツはキヨに目をやって溜息《ためいき》をついた。口先だけでなく、本当に苦慮している。そ

んな顔であった。典子の中で、咄嗟《とっさ》に計算が働いた。甲斐家から出る出ないにかかわらず、義母には、何があっても高見とのことを知られたくないと思ったし、自分と加世子とどっちをリツが信用するかは自明だったからである。典子は、加賀が交通事故にあって、足を骨折したことを告げたあと、

「加世子さん、夜中の二時ごろに、店の調理場にいたらしいんです」

と言った。

「店の調理場に……。夜中の二時に？」

リツはもう一度キヨと顔を見合わせた。

「きのうは、てんやわんやで、ウェイターの面接に来た人に、閉店まで待ってもらってたんですけど、私も疲れて、その人が店の近くで待ってること、忘れてしまったんです。それで、みんなが帰ったあと、その人のことなんかすっかり忘れて二階にあがってしまって……」

「あら、まあ、可哀相に」

典子は、頭の中でめまぐるしく作り話を組み立てた。

「テレビをつけたら、凄《すご》い大きな音がして、いくらボリュームをさげても小さくならなくなって、ちょうど、そのとき、裏口の戸を誰かが叩《たた》いたもんやから、やっとその

人のことを思い出して、慌てて降りて行きました。忘れたなんて言うわけにもいかへんし、私、テレビのせいにして誤魔化したんです。音が小さくならへんから、必死で直そうとしてたんやって。そしたら、その人、中学生のころから電機いじりが趣味やったから、直せるかもしれへんて言うてくれて。直すのに一時間ぐらいかかりましたけど、ちょうどその最中に加世子さんが来たみたいなんです。加賀さんの奥さんが電話をかけてきたのも……」

リツは何か考え込んで、キヨに茶の葉を新しいものに変えるよう頼んだ。

そしてキヨが台所に行ったのを確かめてから、

「加世子さんは、よく店に来るの？」

と訊《き》いた。

「いいえ、加賀さんの奥さんから聞いて、私もびっくりして。店には、一度も来たことなんかないんですもの」

「おかしいことするのね。何の用事か知らんけど、店に行ったのなら、典子さんにひとこと声をかけるのが当たり前よ」

リツは、

「加世子さんの父親が、しょっちゅう来るのよ。あの人とは、縁を切りたいわねェ。

死んだ主人の、従妹《いとこ》の娘の亭主で、滅多に顔も合わしたことのない男やったのよ。それが、義直が死んで、典子さんがアヴィニョンの跡を継いでくれてから、いやに親しそうに出入りするようになって……。ちょうどそのころ、会社がつぶれたってこともあるんやろけど」

と言った。典子は何度聞いても覚えられないのだった。加世子の父が、義父の従妹の娘の亭主だというややこしいつながりを。

「だいいち、少し考え方がおかしいと思うわ」

と滅多に他人どころか身内の悪口も口にしないリツが言った。

「会社が倒産して、借金をかかえてるというのに、娘を私立の女子大に入学させること自体が。それも就職のしにくい四年制の。入学金や授業料も、新しい商売をするからって嘘《うそ》をついて、親戚《しんせき》中に借り廻《まわ》って。なんかおかしな魂胆があるんやないかと勘ぐりたくもなるわよ」

毛染めをやめて二年たつリツの、見事な銀髪の乱れを整えてやりながら、

「もう、実家に帰ってもらったらどうなんですか？」

と典子は言った。

「加世子さんの父親には、きょうのお昼前、電話でそう言ったの」

「どんな返事でした？」

「親のしつけが悪うて申し訳ない。近いうちに本人を呼んで、きつう叱《しか》っとくって」

「それだけ？」

「そうよ、それだけよ。ほんなら実家へ引き取りますとは言えへんの。どんな神経してるんやろ……」

「外泊するって、恋人でもいるのかしら」

新しい茶をいれて居間に戻って来たキヨが、少しためらったのち、

「私の娘も結婚する前は短大に行ってたんです。栄養士になりたいっちゅうて、高校生のときからアルバイトして、入学金を貯《た》めてました。短大時代は、しょっちゅう友だちから電話がかかってきて、それがまたあきれるくらいの長電話。そやけど、加世子さんには、男友だちどころか、女の友だちからも、ただのいっぺんでも電話がかかって来たことがないんです。これも、ちょっとおかしいんと違いますやろか」

と言った。ひねくれて陰気な加世子には、親しい友だちなんかいないのかもしれない。典子はそう思ったが、無断の外泊の陰には、やはり男がいる筈《はず》だと考えるしかなかった。

「人さまの娘を、うっかり預かったりするんやなかったわねェ。あのときは、私も病

気あがりで、気が弱くなってたから、ひとりでも家族が増えるのは、賑《にぎ》やかになって気分も変わると考えたのよ」

リツは、さらに何か言いたそうに典子に目をやったが、熱い茶をすすって視線をテーブルに戻した。リツが何を言いたいのか、典子にはよく判った。アヴィニョンの二階で寝泊まりすることをやめて、この家に戻ってきてもらいたいのである。けれども、仕事を終えた疲れた体で、この岡本の家まで帰ってくるのは辛《つら》かろう。そう思ってリツは口に出せないでいるのだった。

やがて話題は、加賀の事故のことに変わった。典子は、小柴の一件は黙っておいた。

「でも、足の骨で助かったわねェ。不幸中の幸いよ……」

リツは言った。

「ほんとに……。手術もうまいこといったみたいやし」

典子は、加世子がいなければ、今夜この家に泊まり、リツとよもやま話をしてすごすのにと思いながら、そう言った。

「子供でもおったら、典子さんはもっともっと働きがいがあるのにねェ」

ふいに、リツがしんみりとした口調でつぶやき、涙ぐんだので、キヨは気をきかして席を外した。

「おおきな図体してて、義直もなさけない男よ。子供のひとりぐらい、よう作らんかったんかしら。そのうえ、親に先立って、ほんまに親不孝な息子やわ」

リツは本当に怒っているようだった。典子は、うなだれて微笑《ほほえ》み、

「子供がでけへんかったのは、あの人のせいだけやありません。私も、どこも悪いところなんかないのに、なさけない女です」

と応じたのだが、その瞬間、そうだ、リツには孫がいるのだと気づき、なぜか腕や首に鳥肌が立った。あるいは義直の思いすごしということもあるだろうが、人間のあのような勘は当たっている場合が多い。何があっても、手紙の件は喋《しゃべ》ってはならぬ。典子はあらためて自分に言い聞かせた。同時に、若くして夫に先立たれた嫁に細やかな心を配ってくれる義母を捨てていくことは出来ないと思った。リツが生きているあいだは、甲斐家から去ってはいけないと。

チャイムが鳴った。典子とリツは顔を見合わせた。キヨが台所のインターホンで、

「はい」

そう無愛想に返事し、廊下を歩いていきながら、

「加世子さんです」

と告げた。リツが出て行ってもらいたいと思っているのならば、私は臆《おく》することはない。加世子が聞いた男女の声は、テレビの音なのだ。典子は敵を迎え撃つ心境で、ソファに胸を張って凭《もた》れた。

そのまま二階の自室に行こうとした加世子をリツが呼んだ。まっすぐな髪を背まで伸ばし、薄い唇に不似合な濃い口紅を塗った加世子が、ふてくされた目で居間と廊下との仕切りに立った。

「ちょっと度が過ぎるのと違う？　ここを下宿屋やと考えてるんやったら、いますぐ出て行ってちょうだい。これで何回目やと思うの？　電話の一本がかけられへん筈《はず》はないでしょう」

そのリツの言葉に、

「出て行けって、なんでですか？」

と加世子は典子を睨《にら》みつけながら言い返した。

「なんでて、そんなことが判れへんの？」

あきれた口調で言ったあと、リツは助け舟を求めるみたいに典子を見た。

「私が話をします」

典子はリツの耳元で囁《ささや》き、立ちあがった。

「加世子さんのお部屋に行きましょう」

典子は廊下に出て言った。

「私、べつにここでも結構ですけど」

「そう。それやったら、ここでもいいわ。あなた、この家のいったい何様やと思ってるの？　あなたはこの家でお世話になってる身よ。この家の主人が、あなたに出て行ってくれって言ってるんやから、出て行くのが当たり前でしょう？　それも、ちゃんと正当な理由があるわ。もう何回も無断で外泊してるのよ。そのたびに注意されたでしょう？　それでもきのう外泊して、何の連絡もしなかった。お義母《かあ》さんが怒るのは当然やと思うけど」

典子は、いつ加世子がアヴィニョンの二階で起こっていたことを口にするだろうと思ったが、自分でも不思議なくらい冷静であった。

加世子はいつまでたっても口を開かなかった。キヨは台所の奥から成り行きをうかがい、リツは居間のソファに坐《すわ》ったまま、少し顔を傾けて加世子の表情を覗《のぞ》き込んでいた。

「すみません。ほんとにもう二度と無断で外泊しませんから、卒業するまで、大阪の実家に帰さないで下さい」

加世子はそう言って、リツにぴょこんと頭を下げると、二階への階段を駆け昇って行った。拍子抜けして、典子はぼんやり、加世子のスリッパの底を見ていた。

「ちょっと待ちなさい。そのたびに『すみません』で済ましてきたのよ。きょうは、はっきりさせたいの。外泊の理由ぐらいは言ったらどうです」

リツは立ちあがって叫んだ。肩が震えていた。興奮して息遣いも荒くなっていたので、典子はリツをソファに坐らせ、

「私、加世子さんと二人だけで話をしてきます。何か、わけがあるみたい」

実際、そんな気がしたのだった。卒業するまで、大阪の実家に帰さないで下さいという言葉に引っかかったのである。しかも加世子が、典子に関する話題にいっさい触れなかったことにも。

よく磨《みが》き込まれた二階の廊下で、典子は一度立ち停まった。かつて甲斐家の若夫婦の寝室だったドアのノブを見つめた。典子がいつ帰って来てもいいように、リツは毎日、キヨにその部屋の掃除をさせていた。

加世子の部屋のドアがあいた。加世子は、

「私と話をしたいんでしょう？　どうぞ」

と一重の、常に疲れを宿しているような目を注いできた。典子は加世子の部屋に入

って、窓から隣家の屋根を見つめた。加世子は、立ったまま閉めたドアに背を凭《もた》せかけていた。

「夜中に何の用事やったの？　お店に来たんでしょう？」

典子は振り返った。

「なんで、加賀さんの奥さんからの電話を私に取りつがへんかったの？　加世子さんのやってることって、おかしなことばっかりね」

「お邪魔をしてもよかったん？」

その加世子の言い方は、ひどく下司《げす》っぽかった。

雨は沛然《はいぜん》と音立てて降っていた。典子は、ドアに凭れたまま一歩も近寄ってこようとはせず、そのくせどこかで隙《すき》をうかがっているような加世子の、何ひとつ若い女としての魅力を漂《ただよ》わせていない顔を見つめた。腐肉をあさりたがるハイエナみたいな目には、どことなくよるべない翳《かげ》があった。

「お邪魔って、何のお邪魔？」

典子は昂然《こうぜん》とした表情を作って訊《き》いた。そんな典子に気圧《けお》されたのか、加世子はとまどいの色を浮かべ、

「しらばっくれて」

とつぶやいたが、落ち着きなく目をそらせた。

「私の質問に答えることが先やと思うけど？　何の用事でお店に来たの？」

「相談があったからよ」

「それやったら、階段の下からでも私を呼んだらいいでしょう。ウェイターの面接に来た人に、テレビのスピーカーを直してもらってたから、大きな声で呼ばないと聞こえへんかったかもしれへんけど」

「ウェイターの面接に来た人にテレビを直してもらってた……。ふうん、そうやって押し通そうってわけ？」

「さっきから何を言うとうのか判らへんわ。何を言いたいの？　お邪魔とか押し通すとか」

「この家を出てから、典子さん、凄《すご》い強い女になったのね。それに、ますますきれいになって……。典子さんが、咲き匂《にお》う花やとしたら、私なんか崖《がけ》にへばりついてる雑草みたいなもんやわ」

加世子はやっとドアから離れ、ベッドの端に腰をおろした。そして、

「私、助けてほしいねん」

と言った。

「私、お父さんから逃げたいねん。そやから、典子さんの知り合いの、東京か横浜かにあるフランス料理店を紹介してもらおうと思って、夜中にアヴィニョンに行ったのよ」

「お父さんから逃げたい？」

典子は、しばらく加世子の横顔を見ていたが、自分も窓ぎわから離れ、ベッドに腰をおろした。

「もうちょっと詳しく説明してもらわないと、相談の乗りようがないわね」

「お父さんは詐欺師よ。会社がつぶれてから、警備会社に就職してガードマンをやってるって、家中が信じ込んでたけど、嘘《うそ》やったの。勤めに行ってるふりをして、今里で小料理屋をやってる女のところに入りびたってたの。お母さん、お父さんに愛想をつかして家を出たわ。いまは三ノ宮の中華料理屋で働いてる……」

「いつから？」

典子は訊《き》いた。

「もう半年になるかな。私、長田区の、お母さんが借りた安アパートに泊まってるの」

そして加世子は典子を横目で見やり、

「お父さん、誰かと組んで、アヴィニョンを乗っ取るつもりやねん。神戸の大きな宝石店の社長に、昔、事務員に生ませた娘がいてるんやって言うてたわ」

と言った。

「それは、いつごろのこと?」

典子は驚きを隠して、静かな口調で訊いた。

「私が高校三年生のとき。私は大学に行きたかったけど、会社がつぶれたから、もう完全にあきらめてたん。お父さんも就職せえって言うてたわ。そやのにある日、急に大学へ行け、金のことは心配するな。そない言うて、その代わりにお前も手伝えって切り出したの」

「手伝うって、何を?」

「甲斐の家に下宿して、典子を追い出せ。お嬢さん育ちやから、ちょっと親戚《しんせき》筋の人間にチクチクやられたら、実家へ帰りよるやろ。お前はそれだけやってくれたらええんや……。そやけど、お父さんはまさか典子さんが、実家に帰らずに、アヴィニョンの二階で暮らすようになるとは考えてなかったみたい」

「お父さんは、その神戸の宝石店の社長に子供がいてることを、どうやって知ったの?」

「小料理屋の女から聞いたのよ。それは、つい最近判ったことやけど。私やお母さんが住んでた家に、いまはその女が住んでるわ。会社も、あれは偽装倒産みたいなもんよ。もうあかんと思たとき、火の手が大きくなれへんうちにつぶしてしもたんやわ。そやから、家は残ったの。お父さんて人は、そうやって人をだましつづけて生きて来たんや。私、大学へ行きたかったから、お父さんが教えてくれるとおりの言葉を、典子さんに言いつづけたわ。そやけど、中華料理屋で働いてるお母さんを見たら、もうこれ以上お父さんの詐欺の片棒をかつぐのが怖《こわ》くなってきてん」

典子は、加世子の話を、自分の中で整理しようとして、再び窓のところへ行った。その小料理屋の女が、いかなる氏素姓《うじすじよう》の人間かは知るよしもないが、おそらく、松木精兵衛の子を身ごもった女と何らかのつながりがあったのであろう。そして、生まれた子が、いまどこで暮らしているのかも知っていた。それを耳にした加世子の父は、とりあえず東京へおもむき、荒木美沙の様子をさぐった。加世子の父は、荒木夫妻も自分も同じ種類の人間であることを嗅《か》ぎ取り、話を持ちかけた……。

典子は、おおざっぱではあっても、あらすじは間違っていないだろうと思った。そうでなければ、荒木美沙が自分の父親が誰であるのかを知る方法はない。いや、かりにあったとしても、加世子の父の話で、その確証を握ったことになる。

「大学を辞《や》めてまでも、お父さんから逃げたいの？　幾ら逃げても、血を分けた親子よ」

典子は雨を見つめたまま加世子に言った。

「私、こないだ、お父さんに、アヴィニョンを手に入れようなんてことやめてほしいって言うたの。そしたら、殴られて、肩や胸を蹴《け》られたわ。昔から、お母さんにも、しょっちゅう殴る蹴るして……」

そう言って、加世子はベッドから立ちあがり、典子の傍に来た。

「私、嘘《うそ》なんかついてへんわ。私がお父さんの味方やったら、もうとっくに、典子さんに恋人がいてることを喋《しゃべ》ってるわ」

と囁《ささや》いた。

「私に恋人……？　加世子さん、何か錯覚《さっかく》してるのと違う？」

典子は笑って言った。隙《すき》だらけになっていた加世子の顔がきつくなった。

「私、典子さんを嫌いよ。初めて逢うたときから嫌いやった。そやから、お父さんの指図通り、喜んで典子さんのいやがることを言いつづけたんやけど、もしお父さんの企みがなくても、私はおんなじことをやったと思うわ」

よるべないときも、険しいときも、加世子の風貌《ふうぼう》は貧相であった。

「どうして？」

と典子は訊《き》いた。

「典子さんはすごく美しいでしょう。いろんな美しさがあるけど、私、典子さんの美しさが嫌いやねん」

「どういう意味？」

「子供のときから、私はそうやった。私には、大嫌いな美しさっていう尺度があったの。人間だけやないわ。犬でも猫でも花でも音楽でも……。私みたいに、小さいときから誰にも好かれへんかった人間にしか、この意味は判らへんわ」

「誰にも好かれたことはないの？」

「そうよ。いっぺんもないわ。私を見たら判るでしょう？」

典子は、加世子の部屋から出て行きかけ、ドアの前で振り返った。

「私をそんなに嫌ってる人のために、私は東京か横浜かに就職先を捜してあげないといけないの？」

その典子の微笑混じりの言葉に、加世子はひたすら睨《にら》み返すことで答えた。

「加世子さんの外泊先がどこかだけ、お義母《かあ》さんに説明しとくわね」

典子は加世子の部屋を出、何気なく亡き夫とすごした部屋に入りかけたが、なぜか入ってはいけないような気がして、そのまま居間へ降りていった。

典子の説明で、リツは何度も溜息《ためいき》をついて考え込んでいた。

「あの一家が、そんなふうになってたなんてねェ……。年頃《としごろ》の娘の問題やから、父親よりも母親と相談するほうがええと思うて、電話で、母親に代わるようにって言うたのに、あの男、いま買物に出かけてるとか何とか口実をもうけて、母親を電話口に出さへんのよ。出さへん筈《はず》よねェ、家出して、おらへんのやから」

「加世子さんには、やっぱり出て行ってもらいましょう。それから、加世子さんのお父さんとも、きれいさっぱり縁を切ってもらいましょう」

と典子は言った。リツは、すがるような目で典子を見た。

「私が、加世子さんのお父さんと話をします。お義母さんは、安心してて下さい」

典子はリツと二人きりで夕食をとり、甲斐家を出た。リツから受け取った加世子の父の連絡先を書いた紙きれを、車のルームランプで見た。

（下巻につづく）

本書は、一九九五年四月に講談社文庫より刊行された『花の降る午後』を改訂し文字を大きくしたものです。

|著者| 宮本 輝　1947年兵庫県神戸市生まれ。追手門学院大学文学部卒。'77年『泥の河』で太宰治賞、'78年『螢川』で芥川賞、'87年『優駿』で吉川英治文学賞をそれぞれ受賞。'95年の阪神淡路大震災で自宅が倒壊。2004年『約束の冬』で芸術選奨文部科学大臣賞、'09年『骸骨ビルの庭』で司馬遼太郎賞をそれぞれ受賞。著書に『道頓堀川』『錦繡』『青が散る』『避暑地の猫』『ドナウの旅人』『焚火の終わり』『ひとたびはポプラに臥す』『草原の椅子』『睡蓮の長いまどろみ』『星宿海への道』『にぎやかな天地』『三千枚の金貨』『三十光年の星たち』『宮本輝全短篇』(全2巻) など。ライフワークとして「流転の海」シリーズがある。近刊に『真夜中の手紙』『水のかたち』『満月の道』『田園発港行き自転車』『長流の畔』。

新装版《しんそうばん》　花《はな》の降《ふ》る午後《ごご》(上)

宮本《みやもと》 輝《てる》

2009年10月15日第1刷発行
2025年3月4日第7刷発行

発行者——篠木和久
発行所——株式会社　講談社
東京都文京区音羽2-12-21　〒112-8001
電話　出版 (03) 5395-3510
　　　販売 (03) 5395-5817
　　　業務 (03) 5395-3615

Printed in Japan

講談社文庫
定価はカバーに
表示してあります

KODANSHA

デザイン—菊地信義
本文データ制作—講談社デジタル製作
印刷———株式会社KPSプロダクツ
製本———株式会社KPSプロダクツ

ISBN978-4-06-276481-0

講談社文庫刊行の辞

二十一世紀の到来を目睫に望みながら、われわれはいま、人類史上かつて例を見ない巨大な転換期をむかえようとしている。

世界も、日本も、激動の予兆に対する期待とおののきを内に蔵して、未知の時代に歩み入ろうとしている。このときにあたり、創業の人野間清治の「ナショナル・エデュケイター」への志を現代に甦らせようと意図して、われわれはここに古今の文芸作品はいうまでもなく、ひろく人文・社会・自然の諸科学から東西の名著を網羅する、新しい綜合文庫の発刊を決意した。

激動の転換期はまた断絶の時代である。われわれは戦後二十五年間の出版文化のありかたへの深い反省をこめて、この断絶の時代にあえて人間的な持続を求めようとする。いたずらに浮薄な商業主義のあだ花を追い求めることなく、長期にわたって良書に生命をあたえようとつとめるところにしか、今後の出版文化の真の繁栄はあり得ないと信じるからである。

同時にわれわれはこの綜合文庫の刊行を通じて、人文・社会・自然の諸科学が、結局人間の学にほかならないことを立証しようと願っている。かつて知識とは、「汝自身を知る」ことにつきていた。現代社会の瑣末な情報の氾濫のなかから、力強い知識の源泉を掘り起し、技術文明のただなかに、生きた人間の姿を復活させること。それこそわれわれの切なる希求である。

われわれは権威に盲従せず、俗流に媚びることなく、渾然一体となって日本の「草の根」をかたちづくる若く新しい世代の人々に、心をこめてこの新しい綜合文庫をおくり届けたい。それは知識の泉であるとともに感受性のふるさとであり、もっとも有機的に組織され、社会に開かれた万人のための大学をめざしている。大方の支援と協力を衷心より切望してやまない。

一九七一年七月

野間省一

真梨幸子 三匹の子豚
真梨幸子 まりも日記
真梨幸子 さっちゃんは、なぜ死んだのか？
松本裕士 兄弟〈追憶のhide〉
円居 挽 原作 福本伸行 カイジ ファイナルゲーム 小説版
松岡圭祐 探偵の探偵
松岡圭祐 探偵の探偵Ⅱ
松岡圭祐 探偵の探偵Ⅲ
松岡圭祐 探偵の探偵Ⅳ
松岡圭祐 水鏡推理
松岡圭祐 水鏡推理Ⅱ〈インパクトファクター〉
松岡圭祐 水鏡推理Ⅲ〈パレイドリア・フェイス〉
松岡圭祐 水鏡推理Ⅳ〈アノマリー〉
松岡圭祐 水鏡推理Ⅴ〈ニュークリアフュージョン〉
松岡圭祐 水鏡推理Ⅵ〈クロノスタシス〉
松岡圭祐 探偵の鑑定Ⅰ
松岡圭祐 探偵の鑑定Ⅱ
松岡圭祐 万能鑑定士Qの最終巻〈ムンクの〈叫び〉〉
松岡圭祐 黄砂の籠城 (上)(下)

松岡圭祐 シャーロック・ホームズ対伊藤博文
松岡圭祐 八月十五日に吹く風
松岡圭祐 生きている理由
松岡圭祐 黄砂の進撃
松岡圭祐 瑕《か》疵《し》借り
松原 始 カラスの教科書
益田ミリ 五年前の忘れ物
益田ミリ お茶の時間
マキタスポーツ 一億総ツッコミ時代〈決定版〉
丸山ゴンザレス ダークツーリスト〈世界の混沌《かおす》を歩く〉
松田賢弥 したたか 総理大臣・菅義偉の野望と人生
真下みこと #柚《ゆ》莉《り》愛《あ》とかくれんぼ
真下みこと あさひは失敗しない
松野大介 インフォデミック〈コロナ情報氾濫〉
松居大悟 またね家族
前川 裕 逸脱刑事
前川 裕 感情麻痺学院
柾木政宗 NO推理、NO探偵？〈謎、解いてます！〉
三島由紀夫 TBSヴィンテージクラシックス編 告白 三島由紀夫未公開インタビュー

三浦綾子 ひつじが丘
三浦綾子 岩に立つ
三浦綾子 あのポプラの上が空〈新装版〉
三浦明博 滅びのモノクローム
三浦明博 五郎丸の生涯
宮尾登美子 新装版 天璋院篤姫 (上)(下)
宮尾登美子 新装版 一絃の琴
宮尾登美子 〈レジェンド歴史時代小説〉東福門院和子《まさこ》の涙 (上)(下)
皆川博子 クロコダイル路地
宮本 輝 骸骨ビルの庭 (上)(下)
宮本 輝 新装版 二十歳《はたち》の火影《ほかげ》
宮本 輝 新装版 命の器
宮本 輝 新装版 避暑地の猫
宮本 輝 新装版 ここに地終わり 海始まる (上)(下)
宮本 輝 新装版 花の降る午後 (上)(下)
宮本 輝 新装版 オレンジの壺 (上)(下)
宮本 輝 にぎやかな天地 (上)(下)
宮本 輝 新装版 朝の歓び (上)(下)
宮城谷昌光 夏姫春秋 (上)(下)

宮城谷昌光 花 の 歳 月
宮城谷昌光 重《ちょう》耳《じ》（全三冊）
宮城谷昌光 介《かい》子《し》推《すい》
宮城谷昌光 孟 嘗 君 全五冊
宮城谷昌光 子 産 (上)(下)
宮城谷昌光 湖底の城〈呉越春秋〉一
宮城谷昌光 湖底の城〈呉越春秋〉二
宮城谷昌光 湖底の城〈呉越春秋〉三
宮城谷昌光 湖底の城〈呉越春秋〉四
宮城谷昌光 湖底の城〈呉越春秋〉五
宮城谷昌光 湖底の城〈呉越春秋〉六
宮城谷昌光 湖底の城〈呉越春秋〉七
宮城谷昌光 湖底の城〈呉越春秋〉八
宮城谷昌光 湖底の城 九
宮城谷昌光 俠 骨 記〈新装版〉
水木しげる コミック昭和史1〈関東大震災～満州事変〉
水木しげる コミック昭和史2〈満州事変～日中全面戦争〉
水木しげる コミック昭和史3〈日中全面戦争～太平洋戦争開始〉
水木しげる コミック昭和史4〈太平洋戦争前半〉
水木しげる コミック昭和史5〈太平洋戦争後半〉
水木しげる コミック昭和史6〈終戦から朝鮮戦争〉
水木しげる コミック昭和史7〈講和から復興〉
水木しげる コミック昭和史8〈高度成長以降〉
水木しげる 敗 走 記
水木しげる 白 い 旗
水木しげる 姑《クー》娘《ニャン》
水木しげる 決定版 日本妖怪大全〈妖怪・あの世・神様〉
水木しげる ほんまにオレはアホやろか
水木しげる 総員玉砕せよ！〈新装完全版〉
宮部みゆき 新装版 震 え る 岩〈霊験お初捕物控〉
宮部みゆき 新装版 天 狗 風〈霊験お初捕物控〉
宮部みゆき ICO《イコ》—霧の城— (上)(下)
宮部みゆき ぼ ん く ら (上)(下)
宮部みゆき 新装版 日暮らし (上)(下)
宮部みゆき おまえさん (上)(下)
宮部みゆき 小暮写眞館 (上)(下)
宮部みゆき ステップファザー・ステップ〈新装版〉
宮子あずさ 看護婦が見つめた人間が死ぬということ
宮本昌孝 家康、死す (上)(下)
三津田信三 忌《い》館《かん》〈ホラー作家の棲む家〉
三津田信三 作 者 不 詳〈ミステリ作家の読む本〉(上)(下)
三津田信三 蛇《じゃ》棺《かん》葬《そう》
三津田信三 百《ひゃく》蛇《じゃ》堂《どう》〈怪談作家の語る話〉
三津田信三 厭魅《まじもの》の如き憑くもの
三津田信三 凶鳥《まがとり》の如き忌むもの
三津田信三 首無《くびなし》の如き祟るもの
三津田信三 山魔《やまんま》の如き嗤《わら》うもの
三津田信三 水魑《みづち》の如き沈むもの
三津田信三 密室《ひめむろ》の如き籠《こも》るもの
三津田信三 生霊《いきだま》の如き重《だぶ》るもの
三津田信三 幽女《ゆうじょ》の如き怨むもの
三津田信三 碆霊《はえだま》の如き祀るもの
三津田信三 魔偶《まぐう》の如き齎《もたら》すもの
三津田信三 忌名《いな》の如き贄《にえ》るもの
三津田信三 シェルター 終末の殺人
三津田信三 ついてくるもの
三津田信三 誰 か の 家

講談社文庫　目録

睦月影郎　密通妻
睦月影郎　快楽アクアリウム
向井万起男　渡る世間は「数字」だらけ
村田沙耶香　授乳
村田沙耶香　マウス
村田沙耶香　星が吸う水
村田沙耶香　殺人出産
村瀬秀信　気がつけばチェーン店ばかりでメシを食べている
村瀬秀信　それでも気がつけばチェーン店ばかりでメシを食べている
村瀬秀信　地方に行っても気がつけばチェーン店ばかりでメシを食べている
虫眼鏡　東海オンエアの動画が6.4倍楽しくなる本〈虫眼鏡の概要欄 クロニクル〉
森村誠一　悪道
森村誠一　悪道 西国謀反
森村誠一　悪道 御三家の刺客
森村誠一　悪道 五右衛門の復讐
森村誠一　悪道 最後の密命
森村誠一　ねこの証明
毛利恒之　月光の夏
森博嗣　すべてがFになる〈THE PERFECT INSIDER〉

森博嗣　冷たい密室と博士たち〈DOCTORS IN ISOLATED ROOM〉
森博嗣　笑わない数学者〈MATHEMATICAL GOODBYE〉
森博嗣　詩的私的ジャック〈JACK THE POETICAL PRIVATE〉
森博嗣　封印再度〈WHO INSIDE〉
森博嗣　幻惑の死と使途〈ILLUSION ACTS LIKE MAGIC〉
森博嗣　夏のレプリカ〈REPLACEABLE SUMMER〉
森博嗣　今はもうない〈SWITCH BACK〉
森博嗣　数奇にして模型〈NUMERICAL MODELS〉
森博嗣　有限と微小のパン〈THE PERFECT OUTSIDER〉
森博嗣　黒猫の三角〈Delta in the Darkness〉
森博嗣　人形式モナリザ〈Shape of Things Human〉
森博嗣　月は幽咽のデバイス〈The Sound Walks When the Moon Talks〉
森博嗣　夢・出逢い・魔性〈You May Die in My Show〉
森博嗣　魔剣天翔〈Cockpit on knife Edge〉
森博嗣　恋恋蓮歩の演習〈A Sea of Deceits〉
森博嗣　六人の超音波科学者〈Six Supersonic Scientists〉
森博嗣　捩れ屋敷の利鈍〈The Riddle in Torsional Nest〉
森博嗣　朽ちる散る落ちる〈Rot off and Drop away〉
森博嗣　赤緑黒白〈Red Green Black and White〉

森博嗣　四季 春～冬
森博嗣　φ《ファイ》は壊れたね〈PATH CONNECTED φ BROKE〉
森博嗣　θ《シータ》は遊んでくれたよ〈ANOTHER PLAYMATE θ〉
森博嗣　τ《タウ》になるまで待って〈PLEASE STAY UNTIL τ〉
森博嗣　ε《イプシロン》に誓って〈SWEARING ON SOLEMN ε〉
森博嗣　λ《ラムダ》に歯がない〈λ HAS NO TEETH〉
森博嗣　η《イータ》なのに夢のよう〈DREAMILY IN SPITE OF η〉
森博嗣　目薬α《アルファ》で殺菌します〈DISINFECTANT α FOR THE EYES〉
森博嗣　ジグβ《ベータ》は神ですか〈JIG β KNOWS HEAVEN〉
森博嗣　キウイγ《ガンマ》は時計仕掛け〈KIWI γ IN CLOCKWORK〉
森博嗣　χ《カイ》の悲劇〈THE TRAGEDY OF χ〉
森博嗣　ψ《プサイ》の悲劇〈THE TRAGEDY OF ψ〉
森博嗣　イナイ×イナイ〈PEEKABOO〉
森博嗣　キラレ×キラレ〈CUTTHROAT〉
森博嗣　タカイ×タカイ〈CRUCIFIXION〉
森博嗣　ムカシ×ムカシ〈REMINISCENCE〉
森博嗣　サイタ×サイタ〈EXPLOSIVE〉
森博嗣　ダマシ×ダマシ〈SWINDLER〉
森博嗣　女王の百年密室〈GOD SAVE THE QUEEN〉

森　博嗣　迷宮百年の睡魔〈LABYRINTH IN ARM OF MORPHEUS〉
森　博嗣　赤目姫の潮解〈LADY SCARLET EYES AND HER DELIQUESCENCE〉
森　博嗣　馬鹿と嘘の弓〈Fool Lie Bow〉
森　博嗣　歌の終わりは海〈Song End Sea〉
森　博嗣　まどろみ消去〈MISSING UNDER THE MISTLETOE〉
森　博嗣　地球儀のスライス〈A SLICE OF TERRESTRIAL GLOBE〉
森　博嗣　レタス・フライ〈Lettuce Fry〉
森　博嗣　僕は秋子に借りがある I'm in Debt to Akiko〈森博嗣自選短編集〉
森　博嗣　どちらかが魔女 Which is the Witch?〈森博嗣シリーズ短編集〉
森　博嗣　喜嶋先生の静かな世界〈The Silent World of Dr.Kishima〉
森　博嗣　そして二人だけになった〈Until Death Do Us Part〉
森　博嗣　つぶやきのクリーム〈The cream of the notes〉
森　博嗣　ツンドラモンスーン〈The cream of the notes 4〉
森　博嗣　つぼみ茸《きのこ》ムース〈The cream of the notes 5〉
森　博嗣　つぶさにミルフィーユ〈The cream of the notes 6〉
森　博嗣　月夜のサラサーテ〈The cream of the notes 7〉
森　博嗣　つんつんブラザーズ〈The cream of the notes 8〉
森　博嗣　ツベルクリンムーチョ〈The cream of the notes 9〉
森　博嗣　追懐のコヨーテ〈The cream of the notes 10〉

森　博嗣　積み木シンドローム〈The cream of the notes 11〉
森　博嗣　妻のオンパレード〈The cream of the notes 12〉
森　博嗣　つむじ風のスープ〈The cream of the notes 13〉
森　博嗣　カクレカラクリ〈An Automaton in Long Sleep〉
森　博嗣　DOG&DOLL
森　博嗣　森には森の風が吹く〈My wind blows in my forest〉
森　博嗣　アンチ整理術〈Anti-Organizing Life〉
森　博嗣 原作　萩尾望都　トーマの心臓〈Lost heart for Thoma〉
諸田玲子　森家の討ち入り
森　達也　すべての戦争は自衛から始まる
本谷有希子　腑抜けども、悲しみの愛を見せろ
本谷有希子　江利子と絶対〈本谷有希子文学大全集〉
本谷有希子　あの子の考えることは変
本谷有希子　嵐のピクニック
本谷有希子　自分を好きになる方法
本谷有希子　異類婚姻譚
本谷有希子　静かに、ねぇ、静かに
茂木健一郎　「赤毛のアン」に学ぶ幸福《しあわせ》になる方法
森林原人　セックス幸福論〈偏差値78のAV男優が考える〉

桃戸ハル編・著　5分後に意外な結末〈ベスト・セレクション〉
桃戸ハル編・著　5分後に意外な結末〈ベスト・セレクション　黒の巻・白の巻〉
桃戸ハル編・著　5分後に意外な結末〈ベスト・セレクション　心震える赤の巻〉
桃戸ハル編・著　5分後に意外な結末〈ベスト・セレクション　心弾ける橙の巻〉
桃戸ハル編・著　5分後に意外な結末〈ベスト・セレクション　金の巻〉
桃戸ハル編・著　5分後に意外な結末〈ベスト・セレクション　銀の巻〉
森　功　高倉健〈隠し続けた七つの顔と「謎の養女」〉
森　功　地面師〈他人の土地を売り飛ばす闇の詐欺集団〉
望月麻衣　京都船岡山アストロロジー
望月麻衣　京都船岡山アストロロジー2〈星と創作のアンサンブル〉
望月麻衣　京都船岡山アストロロジー3〈恋のハウスと檸檬色の憂鬱〉
望月麻衣　京都船岡山アストロロジー4〈月の心と惑星回帰〉
桃《もも》野《の》雑《ざつ》派《ぱ》　老虎残夢
森沢明夫　本が紡いだ五つの奇跡
山田風太郎　甲賀忍法帖〈山田風太郎忍法帖①〉
山田風太郎　伊賀忍法帖〈山田風太郎忍法帖③〉
山田風太郎　忍法八犬伝〈山田風太郎忍法帖④〉
山田風太郎　風来忍法帖〈山田風太郎忍法帖⑪〉
山田風太郎　新装版 戦中派不戦日記

2024年12月13日現在